诗集 I

沸腾协会

Association of Seething

臧棣 著

GUANGXI NORMAL UNIVERSITY PRESS
广西师范大学出版社
·桂林·

FEITENG XIEHUI

图书在版编目（CIP）数据

沸腾协会 / 臧棣著. —桂林：广西师范大学出版社，2019.8

（臧棣诗系）

ISBN 978-7-5598-1890-4

Ⅰ. ①沸… Ⅱ. ①臧… Ⅲ. ①诗集－中国－当代 Ⅳ. ①I227

中国版本图书馆 CIP 数据核字（2019）第 117953 号

广西师范大学出版社出版发行

（广西桂林市五里店路 9 号　邮政编码：541004
网址：http://www.bbtpress.com）

出版人：张艺兵

全国新华书店经销

广西民族印刷包装集团有限公司印刷

（南宁市高新区高新三路 1 号　邮政编码：530007）

开本：787 mm ×1 092 mm　1/32

印张：8.25　　字数：170 千字

2019 年 8 月第 1 版　　2019 年 8 月第 1 次印刷

定价：52.00 元

目 录

卷 一

卷 二

卷 三

卷一

泥狮子协会

泥捏的，全都很矮小，全都昂扬得彻头
彻尾，所以会有粗壮的表情
向孩子们虚构你正在到来。
全都很逼真，就好像它们真的没吃过人。
全都经得起反复观摩，全都像是在非洲有很硬的后台。
全都不愿提及过河的事情。意思就是，
不能用泥捏的，全都像是替身们已变得太狡猾。

2002 年 7 月

迎刃协会

四周，永恒的夜黑得
就像一张羊皮从未被利刃划开。
你将自己削得薄薄的，
就仿佛命运深处，还有我们不知道的缝隙。
所以，假如你错了，你输掉的是
你的缝隙。但我们会记得，
你从未输给比你的青春更窄的缝隙。
你的青春里有过一个礼物——
它就像从狼爪上剥下的一枚钻戒。
多少羊皮拼凑的地图，可覆盖一张狼皮？
我放牧过恐惧的影子；所以，
我认为那是魔术：假如除了戒指，
你还从没吞过任何石头。
你像我一样需要神秘的拯救，
但前提是，血，比思想黏稠，
比颂歌更多毛孔，就好像团团转知道
如何委婉一个红色的内在。

如此，黏稠的血像是被天秤座秤过，
赢得了孤独的信任。说到信任，

难道这锋刃仅仅为我所独有？

2003年2月

骆驼草协会

你像我，就像神似
毫不顾忌带刺的耳语。
沙漠像你的封条，
撕开之后，它也是诗歌的封条。

你像我，就好像表面看去
你和我毫无共同之处。
我的影子甚至都比你高。要么就是你低于
我还有个我没有被认出。

你像我，就像我们的沙漠里
有宇宙浩瀚的走神。
只有走神，你才会先于我
认出我身上的骆驼。

一匹诗歌的骆驼正走向一个假球。

只有走神，你身上的那些针刺

才会刺到神秘的疼痛。

就让那些偏僻的甜，为我们决定一次胜负吧。

2003 年 8 月

完美的倾向协会

没骑过驴的人不会知道
云如何让金子变薄。
比金子还薄的，不是金风吗?
送爽送到夜的八月边界，
那里，蛐蛐正在给你的心灯赶织无边的灯罩。
你不会猜中压扁草丛的
是候鸟的蛋，还是一块潜伏的石头。
只有宁静才能恢复自我，
所以，你想让金风帮你吹出什么呢?

2001 年 8 月

一滴雨水就能击穿那金黄的靶心协会

你走向沙漠。在你之前，
很多人都去过沙漠。一壶水喝完之后，
一颗心已战胜了借口。
但必须承认，在沙漠面前，
有些借口确实是美丽的。
比如，一滴雨水就能击穿那金黄的靶心。
但吸引你的，毕竟不是沙漠的靶心
比那金黄的靶心颜色更亮。
一次旅行就是一次按摩，从局部开始，
纯洁才会有起色。比如你这样回顾：
十六岁之前，我并未见过沙漠。
但你想象过一种结局：时间的刑具
浩瀚到金黄不再有其他的余地。
或者，准确地说，三十五岁之前，
我并未见过真正的沙漠。
所以，你并不害怕我和沙漠之间的偏见。
你这样示范你的戏剧：

你走向沙漠，浩瀚站在沙漠一边，

渺小像一个无疑，属于你。

一旦走进沙漠，你发现

渺小不过是渺小的骗局。

所以，你并不理解我的恐惧。

我的恐惧是沙漠已无法阻止人类的愚蠢。

2001 年 8 月

马蹄螺协会

在海岛最南端，兜售海魂衫的人
也兜售各种贝壳。懒洋洋的小买卖，
偏颇的生计，就仿佛你不买
你很快就会后悔的。对生活在内陆的人来说，
它们是容易混淆的纪念品。
你得费点神，它们才会从宇宙的祭品
演化到带有私人性质的贡品。
有趣的是，它们的美丽
进化得很成功，麻木于以貌取人。
每一种价格，只有经过几番砍杀
才会稍显真实。这时，你省下买冰激凌的钱
就能有份不小的斩获。我把它拿在手上时，
并不知道它叫什么。看上去，
塑造它的力量很熟悉理想的塔
尺寸缩小后，在海底会变成什么模样。
圆锥形配上豹纹，大海中只有南海
能让它想起什么：不同的深度中，

再大的压力也可被巧妙地适应。

这样的启示还不够？还不足以化解

你心中的谁主沉浮？当得知它叫马蹄螺时，

我忽然觉得我比以前退步了。

但这还不够。我想，我还应该比我们退步得再快一点。

直接从沙滩退向海浪，退向更远的蔚蓝。

对啦，你刚才说，这马蹄螺

是从哪里捕上来的？没听清。

请再说一遍。海马滩，在西沙的南边。

绝对是真货。我们家的船常去那里。

2003 年 8 月

黄雀协会

它的游戏就像我们参观过的笼子，
一会儿大，一会儿小。
变大的笼子好比宇宙比政治肤浅；
变小的笼子，就好像有一种沉默
只能由我们的替身来打破。

接着进入道具的梦，一半的现实
就可以成全精彩的弱肉。
排在游戏最前头的黑点，逐渐清晰成
美丽的蝉。每逢初夏，当垂直的蛹渐渐膨胀，
蝉，为我们上演解脱的全部过程。

但庄子的意思是，假如你从未被美丽的阴影诱惑过，
那么，你比蝉要幸运。你的嚣张

进步成你的放荡，你的无辜比螳螂更色情。

从环节上看，你的贡献比即将扑向你的黄雀要大。

黄雀没有看错你，正如你并不想错怪蝉。

2012 年 7 月

性史协会

这就是那扇门，比宪法拥有更多秘密。
走近它时，你的呼吸像
刚系紧在铁桶上的一根麻绳。

空气有限，自由也有限；
但愿意的话，它能把整个大海关在里面。
有泡沫，但泡沫不是结局。

这样的大海经常出现；
鱼，游得像伸向珍珠蚌的手指。
这样的大海比你眼角的鱼尾纹抽象吗？

想进入的话，任何时候，猫是比燕子更好的借口。
只有你，没借口，暗号就挺管用，
就好像现在又轮到钥匙比唯心激进了。

2006 年 3 月

自圆学协会

绿屁股，但不是西瓜。
小嘴真甜，但不是小樱桃已秀过
无敌的另类真理。
要想出彩，道具得及时冒点烟。
不冒烟，人性的因素
如何陌生你曾练习跑得比魔鬼还快。
好在本地的各类道具
已见过各种世面。
通常情况下，换个姿势，就能下火。
此外每次表演，还都兼顾一点解渴，
但有人就是意识不到
这一点。其实，还没怎么朦胧呢。
渴，拥有最多的形状，
涉及各种大小，且从不缺少运气，
怎么会需要一个圆来抽象
一个暧昧的出口！
一定是食补补得有点过，

比如，你想沙漠中的蜃楼却梦见了海底

有什么东西和你一模一样。

现在，你该知道从沙漠里

运来的西瓜为什么会这么甜了吧。

2003 年 8 月

我这样委婉我们的走神协会

我的羞愧是你的石头。
山在远处，但声音却像是
从里面传出来的。向下滚落的石头
已不是推上山顶的石头。
我这样委婉我们的走神——
每座山都高于一个真相，
所以，我的羞愧是我的空气，
或者，暧昧地，我的羞愧是我的智慧。

2002 年 2 月

有一种意识叫天鹅协会

因为在不同的场景里
见到过数目相同的天鹅，他的遗憾是华丽的。
而她则弄不明白人的遗憾
怎么可能是华丽的。

即使是天鹅，也不曾华丽过——
如果有华丽的天鹅，那么她能肯定的是，
我们曾更无耻地背叛过我们自己。
这种背叛会首先将他暴露在我们面前。

他无法解释他的沉默，
而她则不能原谅她无法进入他的沉默。
他的沉默是白色的，
且越来越明显，和天鹅身上的白色没有什么不同。

处在旁观者的位置上，
你似乎拥有裁决权。

比如，他的遗憾必须加以阻止。
她的疑惑必须得到澄清。

但你不想裁决对错。
你裁决自己从此刻开始想象你就是天鹅。
一只天鹅就如同一个砝码，在不同的场景里
可减轻我们的无知，或加深肉体的美丽。

2002 年 7 月

在薄薄的雾中协会

其他的面纱早已被揭开。
有多少算多少，一旦这些面纱被揭开，
世界就不再是你的一个代价。
真相比死亡还寂静，算什么呢？

你另有暧昧的属地，暧昧的拥戴；
从不扎根，如同一个启示
你沿着平缓的河流，抛撒一张白色的
大网：依然是，有多少算多少。

你醒在别人的梦中。
或者，你醒在高悬在枝杈上的鸟巢的梦中。
或者，你醒在一对船桨的梦中。
而闹铃正在给馒头上弦，你却无能关掉一盏壁灯。

四周，树木黢黑得像是刚被羊奶漂白过。

仿佛有一叠黑材料被猛然撕碎，

几只乌鸦从左边低飞而过。

这个夏天，再没有什么比你更像最后的面纱了。

2000 年 6 月

飞蛾协会

月光为夏天的秘密地筑起
不为人知的信仰之塔。
可怕的，挑衅性的，但也可能是美丽的，
它选择用眼睛来信仰。确切地说，用复眼来信仰。

垂直的花蜜，是它唯一的食谱。
它的嘴进化成吸管，锋利到据说可刺破果实，
但取食的习性并未因此改变；
它对趋光性的忠诚像是对母爱的一种回报。

经由黑夜介绍，它扮演了太多的角色：
美丽的女人从它的扑火戏中
认出了命运的乖舛。睿智的人则固执地反思
那火焰未必就不值得感谢。

假如愚蠢是我们自身造成的，那么
冷酷就没有定义。同样是作为完全变态昆虫，

它不同于蝴蝶。灵活于身体的转动，
它擅长在黑暗中对付迷失方向。

但是方向就那么重要吗?
有没有更准确的骄傲呢?
于是守灵人注意到，尽管体形幼小，
但哪怕距离再远，它也能准时飞到。

交配时，它用气味之歌打败
一切和我们有关的神话。尖锐于气味，
未必就不正确。授粉时，它对信使的影子说:
猜猜看，谁才是真正的大师。

激素的小颂歌，它确实认为自己

演过悲剧的一幕，但它更确信的是
我们误解了悲剧的意义。它假设它错过的是传奇，
所以，决意用宇宙的缩影来开导死亡。

2005 年 8 月

喇叭花协会

牵牛花和喇叭花的区别是
陌生人手里提着喇叭，对你嘀咕说
她还是看不见任何声音。

牵牛花和你的区别是
你终于知道，在有些花面前
你比一头牛还像另一头牛。

牵牛花和牛的区别是
它不像你那样害怕奔跑的牛蹄，
因为通向它的路，像空气的洞穴。

2001 年 6 月

牵牛花协会

对天使讲的话，魔鬼已提前听懂。

但你却怎么也听不懂

魔鬼已提前听懂是神马意思。

不是有牛吗？没错，魔鬼借斧子去了。

据说，它的花神呼应的是

每个人身上都有一只小喇叭。

嘀嘀哒。嘀嘀哒。铃儿响叮当。

没错，要听到那声音，你得对传神保持特殊的兴趣。

意思就是，坚韧在自由的谦逊中，

但散漫起来却很深奥。

对牛弹过的琴，将会有新的用途——

它会被肢解，价值倾斜到架子，

然后组合成黎明的一排新邻居——

它们会在太阳下一直展示篱笆的耐心。

因为有最完美的疏密，所以，

它们不在乎你会选择绳子

还是线索。绳子在爱情中有大用处，
别看它很细，别看它长短不齐，
它的柔软却能帮天使去掉他身上的肥。

2005 年 4 月

梧桐协会

非梧桐不止，人从鸟那里
继承了这样的偏见，且一直将它扩大到
内心的王国。没认出来时，
无人知道你经历的是
怎样的煎熬。图腾扎根诗经，
果然湿得有点意思。果然风雅比风厉害。
但但凡好事，光有静物还不行；
光有圣美的躯干还不足以委婉
心形叶的心潮，还必须动静配合到心跳
或心痛。夜晚的风加深了东西，
公允地说，右派比左派
更喜欢种植梧桐。春夏之交，
它用它宽大的叶子吸引
你的目光，以便分散你的注意力，
好不去关注它身上的线索粗得
像笼子里的绳子。下雨时，
万古愁逆反历史竟然不如

它的意境更深远。每一滴雨都很关键，
因为每一滴雨在敲打树叶的同时
也在敲打翅膀上的乐器。
高昂的悱恻，所以，它支持用扭转缠绵史
来取得新的微妙的平衡——
只要飞着，借口就足够美。
它甚至想在必要时牺牲一下它的形象，
因为猛烈的爱巢才不在乎你身上有没有翅膀，
它在意的是你如何区分凤凰树和法国梧桐。

2002 年 6 月　2004 年 8 月修订

猫头鹰协会

每个走过捷径的人
都不会忘记猫头鹰。稠密的褐色，
非常柔软非常你总有一天
会像它们一样精确于捕捉
语言的动物。它们的习性
对你我如何展示词语的魔力
是一种考验。神秘地，你说，
你必须得过猫头鹰这一关。
它们的蛋，据称煮过之后，
可让你看到天使身上的魔鬼。
但是，你说，你不是我的例外，
我也不是你我的例外；
我记得你说这话的时候，
细雨的小刷子正在我头上清理着银杏叶。

2001 年 5 月

热浪协会

比起木偶，玩偶们有更多的软，
更多的线条，供生活起伏；
或只是把肤浅的借口移向燚酷的天气。
确实很热。假如我彻底敞开，
我的心会凸露如同一座岛礁。假如让我说心里话，
我想说，其实我们每个人都是空气的囚徒。
我捏空气时，发现你正向我飞来。
我想告诉你：我已不在此地。
我不可能再像过去那样依赖我的形象——
无论是外表的，还是内在的。
假如我确实想降降温，我会直接从一团乌云中
掏出我的新器官：月亮。

2005 年 7月

守护神协会

我比石头更硬的时候，他们在木头里寻找我。
鸡翅木破绽红橡木，美丽的纹路抬举的
不仅仅是我。没错吧。我就知道
你比他们更能理解这一点。
他们使用真理的锤子
比使用语言的凿子更老练……
皮，愈来愈厚，硬，斑斓于你比命更硬，
硬到老子没有驴骑，只能骑牛。
往西边走。服软才不和你比谁起源于
面具漂亮不漂亮呢。
但是，我的确比木头漂亮过。
我沉睡在木头里时，他们在石头里
寻找我。他们用斧子敲打
石头的表面。清脆，终于弄清了
什么东西比责任更干脆。表面上，我和精灵
有很大的出入。精灵喜欢反驳自然，
我喜欢纠正自然。精灵被游戏出卖过，

而我，几乎还没有任何一种游戏能将我出卖。
崇拜我，近乎微妙我。我敬畏你
比我更早地了解到生活是可能的。
我将帮你尽快地找到我。
寻找即雕刻时光。但寻找我
意味着还有比雕刻时光更好的耐心。

2004 年 4 月

绝对不可错过协会

——纪念肖斯塔科维奇

你怎么知道会是我。
躲雨像躲债。但神秘的是，
你不欠我任何东西，就仿佛雨
不欠干燥的风景任何东西。
但不可推卸的是：我还是你？宁可不好玩
也不让耳朵比牵牛花更聪明。
宁肯委屈天赋，也不向灵感妥协。
但经常脱鞋，确实是一个好办法。
从微妙的门，眺望团团转。国家很忙，
笼子更忙。惊呆的土地，
挖土机忙得仅次于腐烂和抱怨。
因为剩下的机会不多了，几乎不用踢，
各种球，都忙得已无需各种鞋。
品种齐全时，舌头最忙。哪一样解释
不需要屁股的配合？
所以，梦，比反骨忙。
而反骨从一开始就忙得

像聪明的蠢货叫嚷我不相信。

而微妙的厌倦，意味着诗也很忙——

忙于抵制孤独，忙于替颓废感到伟大的歉意，

忙于比较克服命运的暗示时

是用新芽准确呢还是用枯叶更准确呢？

忙于安静有一个奇怪的意思——

难道那会是：你如何知道此时是我。

2006 年 4 月

快门协会

狮子眼中，传人已不可靠。
最典型的就是，你凭什么说
我们按快门的时候，莎士比亚碰了杜甫一下。
除非。除非杂草的晃动
可以忽略不计。而某种可怕的气味
决定我们何时能被认出。
但究竟会在什么地方被认出
是一个依然有争议的谜。要么就是
我们从最深的羞愧中习得了
最深的智慧。但你会嘀咕，
这肯定不是一个比喝咖啡更好的主意。
除非。除非最深的羞愧中
猎物们依然在比雨更大的汗中奔跑。
没错。唯有我们的饥饿仿佛一点也不神秘。
最饥饿的是影子，但我们马上能证明
那并不是我们的影子。信使们完全想开了，
对着温泉，练习摇身一变。

从少吃肉，到不再喝酸奶；
一年之内，誓言里的盐已硬过
花岗岩中的盐。但也不是完全就没有缝隙了。
风，将它写给时间的大小的信
投递给鼠尾草。除非。除非我们
确实比魔鬼认识更多的字，并能确定出
最深的羞愧的大致的界限。
除非。除非鼠尾草的蓝色小火炬也相信
温柔的魔鬼只能让甜头变得更糟，
但魔鬼的温柔却不曾误导过任何一朵花。
如此，蜜蜂的眼里，传人之中只有孤独的轮子
能将我们缓缓带动，倾向于有点倾斜。

2007 年 5 月

伟大的记忆协会

雨珠里的小钩子，如果用对了——
就再没有比它更漂亮的耳环。
你戴过不止一次，所以，你记得
我搂过井中的闪电。

2000 年 7 月

永远不会被人看见但你知道它就在那里协会

它是你的墙。颜色尚未确定
就仿佛伟大的直觉倾向于血红，
而你觉得首要的原则是
要经得起时间的考验。
你用我的身体建造了它
但我并不知情。它有石头的硬度
也固有石头的偏见。假如有人
正从骆驼变成狮子，它刚好可以
将不必要的围观挡在外面。
你秘密地建造了它
因而它有一个秘密的高度。
你的头发上残落有泥浆，
闻起来像刚刚煮熟的豌豆汤。
怎么没放点小肉末？但是，一点也不可惜，
因为更多的可爱的小斑点
居然能在你无意中裸露的肌肤上
挽救出这么美丽的时刻。

嘿，怎么不早点告诉我
樱桃的冒险已将我们的舌头变成
静物深处的彩虹。是的，在吃过樱桃之前，
我就已称自己是彩虹的哲人，
因为我知道你从未尝试过
最后一关。只有常春藤毫不在意
鞭子比绳子更悲观，它们拿出钻牛角尖的劲头
爬上墙头，听任空气的指头
随意抚弄它们身上的矛盾之歌。

2004 年 7 月

面包师协会

泪滴中的小牢笼，如果拆得及时，
彩虹就会变成面包。
你猜得不错，我此刻正在制作
诗歌的面包，我用雨水和面，
用偏咸的泪流取代调味用的勺子。
由于涉及秘诀，甜，取自鳄梨和芒果的
拔河比赛。加油，但你必须清楚，
此刻，加油的对象不是
比绳子绷得更紧的麦子，而是
词语的分泌物，它们顺着看不见的毛孔
渗透进来，寻找奇迹的小尾巴。
那么大的一座乐园消失之后
总要留下一点残渣吧！
但是，决定比赛胜负的不是

点燃的炉火，也不是慢慢的炉火
提防着更慢的心灵，而是细细咀嚼之后，
那种饥饿已和微风没有区别。

2001 年 11 月

爱尔兰歌迷协会

舞台很小，小到拥挤
反而已不是问题。小到仿佛只有你
能唱出那感觉，并允许我们分享
那天赐的时刻。时间深处的一盏灯，
这是歌的另一种用途。
时间被改变了，这意味着
你或许会渺茫地意识到
你曾是我的呼吸，但直到现在
才有机会替宇宙出气。
每一次，都不少于一小时。
偶尔，我会羞愧于我竟然抱怨
道德已不够紧张。紧，缠绕我们的
某个形象时，它是最活泼的前兆，
深奥于你几乎认不出我。
所以从你的角度看，舞台很大，
你不会意识到我的存在。
你来自爱尔兰，小镇的芳名

叫 Kilcloon，而我刚刚给喜鹊买了
一份咖啡。它偷吃了
我的樱桃，所以，我觉得喝点咖啡
会让它变得清醒些。一个星期以来，
我每天都会走到新植的果树下
数点这五颗樱桃。无知的樱桃，
别小瞧它们数量有限，
它们能让小小的礼物生辉到异常饱满。
我的小小的礼物，表面上是
用词语的逻辑取代梦的逻辑。
这或许是受你启发。
从始至终，你只有最美的东西
可以留给我们，就好像
我们永远只是最美的陌生人。
天生的歌手，你无意中冷落了我们的奇迹
就仿佛在被改变的时光中，
我们的奇迹只配和夜莺赌气。

但你是对的，你把世界又向前推进了一步，
现在，只有盛满水果的摇篮
才能让看不见的钟摆停下来。

2007 年 6 月

重见天日协会

最深处的东西，它确实
和从东到西有关。我以为一件乐器
能帮我们固定住它，你同意但是你不喜欢
这样的帮助。你喜欢
会移动的典故。比如，升起时，它是圆的，
但不保证落下去的时候，
它也是圆的。所以，在我们这里，
从东边到西边，大多数时候，
是从右到左。讲对应，身体顽固于肉体，
你越特殊，你中有我就越顽固。
但是，我觉得有一天，我们都会受益于
微妙的顽固。因为最深处的东西
始终对应着你我的灵感。
你的灵感顽固于你比我更微妙，
所以，好的身体一定是一个好例子。
我不和你讨论我们的灵感
是否出于神授：这主要是基于

蚂蚁的灵感很黑，它正爬上
我的手臂。天鹅的灵感很白，但它可以局部在
你的影子里。很明显，我的灵感受雇于
一首诗的最忠实的观众有可能是
陌生的死者。有一天，你会陌生于你的。
所以，看，讲究的是新生。

2003年9月

所谓圆满协会

开始时，偏远很重要。
比遥远还偏远。但是不迷信
偏远已足够遥远。我的认识对象止于一轮冷月。
山水之上，不如山水之中，
山水之中不如——嘿，你什么时候进来的？
我不讨论我骄不骄傲，就像我
不想浪费时间讨论我们能不能出去。
我向今晚的冷月借比它本身更冷的东西，
我想借比一个忘我更惊魂的认识对象。
我从未见过任何浑圆的东西
能冷得如此得体。冷静到不害怕
我们的随意插足。它的光环可磨掉
任何羞耻。比如，我不必为我从未在一个圆中得体过
而感到过度的羞耻。又比如，
非人的羞耻不在于我们
在秘密中还表现得不够圆；或是
我们根本就不属于圆。任何时候，

我比我们都更羡慕一个圆
能单独给予一个活动的意义。
我坐在一个看不见的圆中，任何缺口
都可能潜在成出口，而一个圆
耐心在不解气中，慢慢等待我们的成熟。
我在这里，月亮在那里，
对角线很有弹性，它自动于
我们有时难免会分心。但是，
随着扭曲的加剧且完美，
总会有什么东西在勃起的直径中聚拢
我们无形的胆识。我的意思是，
假如我们的回忆能比正确更准确，
我就会算对，你下一次被归还回来的时间。

2005 年 7 月

老本行协会

永生转行新生。但麻雀
却从未想过老本行
会出什么大问题。麻雀比乌鸦要识趣，
雀跃在甘草中打探消息。
而喜鹊忙于在细长的树枝上
代替我们见面的次数。对它们来说，
融黑白于一体，已变得次要。
为什么婉转的消息会偏差于我们还不够殷勤？
而一旦殷勤，我们又会一个比一个畏惧
那在怨恨中成熟的人形。
我想我确实被孤独宠坏了：我并不想见你，
我想见的只是你我。但你我如何转行？
天赋就像天气，这里面的转行
难道还不够放松？请向你中有我致意。
或者，请向你中有我致敬。
或者，请你中有我回答
一个我都不配公开回答的问题。

所以，新生转行心声，是有道理的。
现在是五月。所以，五月转行到
人间有具体的烟火。远远看去，像巨大的心
正在错过巨大的表演机会。
袅娜的迷信依然款款，但已不再信任我们
对周旋的解释。最草根的，嫌树叶裙
还不够透气。要么是叶子偏小，
要么是碎花点缀得太绚烂。
而我能做的是向悠悠白云借
在这里借不到的轻重。比这里更纯粹的轻重。
没错。每只眼睛都受到过
不止一次欺骗。但最深的道德
依然是我不会向影子借我们的缓急。

2007 年 5 月

定音鼓协会

牛皮太普通，不够劲。
马的皮，经过几次测试后
也被否决了。最终，两块骆驼皮
跌入了快要塌陷的视野——
它们比它们留给我们的印象
要好使得多。它们被紧绷在胡桃木上，
继而是一阵叮叮当当，几把铜钉
将它们固定在灰尘的回音中。
在接下来的一道工序里，
伴随着砂纸的打磨声，
诗开始出场了。
诗，弹起来，像一根粗大的
刚从土坑里挖出的棍子。
诗不解释为什么它会是一根跳舞的棍子，
也不迁就要是换了其他的场合
我们的结局会如何如何美妙。

下坠时，它的影子凶猛，准确——
这是因为事物的表面
确实值得尊重，绝不像小丑们想的那样。

——赠秦晓宇

2005 年 5 月

纪念威廉·布莱克协会

只要有一个威廉·布莱克，英国就圆了。

但是，宇宙很大。矛盾也很尖锐。

所以，请别再打扰铁锹——

手里攥着一把向日葵的种子，我正在穿越愤怒之门。

2001 年 2 月

如何照亮现实协会

心灵剧场，露天，但是
不对外开放。入场券只发到
养过狗的人手里，上面印着
一头成年灰熊，嘴里
叼着一束玫瑰，模样实在风趣——
就好像本地的花卉市场里
从未出售过风信子。
有时，手拿漂亮的明信片
也能混入现场。每一次，
气氛都严格于趣味，并不因
人多人少而改变。蒙上眼睛的年轻女人
端着装饮料的盘子穿梭在
修剪过的草地上，意思着
这里很安全，即将开始的表演
只涉及你更愿意看到什么——
要处理的线索确实不少，

我注意到，你正从诗的黑暗中
取出一把镊子：在你之前，
它似乎从未被人触碰过。

2005 年 12 月

替身协会

真实的生活就像一座岛，
周围是跌宕的湖水。或者，假如你
提出特别的请求，岛的周围
也可以是一片涌动的海水。

现在是休息时间，嫩绿的小叶子
在滚烫的沸水里跳舞，
茶已被泡好。丛生的紫罗兰安静得像
两场婚礼之间的一支乐队。

心爱的乐曲被这样演奏之后
变得如同鱼卵一样饱满。
感谢你还记得我们是如何被影子原谅的——
那确实是一次非凡的经历。

阵雨充实着风景中
每一样细小的物象，直到植物看起来

像被罚站的动物。通向码头的小路
长得像一部没有剪辑过的电影。

渡轮很方便，每隔一小时，
就会有一趟。整个夏天蔚蓝得如同
一面刚粉刷好的墙。有一小会儿，
你等待什么就好像你在与我分享什么。

2004 年 7 月

原始作者协会

你很幸运，将会在我之前
找到时间的阀门。一片青草
将会被拨开，移动的蛇
像是要藏起一把钥匙——
粗大的，缀着美丽条纹的，
能自如扭摆的钥匙
意味着我们并不需要打开
所有的锁，就仿佛
并非所有的人生都以宇宙为锁。
你偏爱寂静的季节，所以
你渴望听到锁之歌——
金属的旋律确乎回荡在附近。
明亮的小湖不合群，却尽心
擦洗着一桩古老的往事。
一条土狗跑下坡地，追赶着
梯田里的乌鸦和麻雀。
大豆和玉米并不在乎

它们的颂歌只是一捆捆麻袋。
许多小黑洞暴露在阳光下，
它们看上去像田鼠和野兔的杰作。
你想知道时间是如何流出
你的身体的吗？看野兔的奔跑，
你会得到一种答案。看灰隼的俯冲，
你则会得到一份启示。
假定存在着正确的地点
和美妙的时机，假定我有办法
测出一只睡着的蝴蝶身上
时间有多重？你愿意讨论
自我是一个长满青苔的阀门吗？

2005 年 9 月

花样潜水协会

深蓝的海水中，一条梭鱼引导着你，
如此，它的天性生动在你的左侧，上面，
下面，大多数时候，是正前方，
它必须展示它比你更灵活。
它必须让你明白，它的灵活
绝不仅仅是它比你更适应大海。
而你，正在靠近时间的脊背——
它光滑，巨大，幽黑，像缓缓隆起的
美丽的丘陵。物活着，但
不必然成为活物：你看上去
更欣赏这样的结果。下海之前，
你已知道如何将人生的插曲
拓印在坚硬的岩石上。
一旦完成，你会发现
有的插曲甚至比人生还要漫长。
现在，美丽的脊背
将时间剪裁成隐喻的

一个方便的例子：意思是
每一种可见的事物
差不多都是这样，它往往只呈现
它自身的十分之一，如同沉静的冰山
老练在它的孤独的行程里。
我梦见你是我的美丽的十分之一。

2005 年 12 月

青鸟协会

你的生活中已不会再有信史。
信史已被悄悄干掉，或是染上怪病，
死在了不为人知的荒野上。
表面上，大雁或鸽子能做同样的事情，
但它们代替不了信史——
就好像信史意味着我们的渴望
曾接近过完美。或是，完美的渴望
为我们布置了生活中的风景。
消息或秘密，将被另一阵风
吹出大峡谷。热烈的花粉
向每一对抖动的翅膀致意，
并指出我们曾使用过的偏方上的
一些谬误。世界已被抵押，

你必须学会像一株杜鹃那样
接受“这样的事实”，或是
像一块乌亮的煤，释放这样的命运。

2005年11月

更何况协会

一只野兔诱导我们
来到刺猬的国度。
而刺猬的国度好像在放假，
看不见刺猬，只有我们彼此彼此。
而兔子继续奔跑，想要摆脱我们，
尽管我们已向它反复解释：
我们不是偷猎者。我们身上
都挂着旅行社发的小牌牌。
而奔跑多么单纯，就好像诗和生命
偶尔会共用同一个主题。
而我将停下我们的脚步，
和戈壁滩上的这些小洞
交流一下我的心得

是否也能如此深入浅出。
在前方，丛生的杂草
如同一片白夜。

2005 年 10 月

蚕花戏协会

分明是皮影在晃动，却用蚕花来命名。
从地方特色里取新意，挖润土
如同在无意中抚摩历史：
一个个树坑，虽看不见，
却让流动的戏曲扎下根来，悠悠于
风俗之蚕。好名字里必然有
好领悟，勃勃于千古事
可用皮影去影射。善与恶，
本来就暧昧于表皮和影子，
复杂得甚至已有些乏味；
转念想想，这些被剪贴过的羊皮，
倒是简单得别有韵味。
像是浸过好几层油，这些灵巧的羊皮
能对付我们的各种形象。
我们什么时候可曾忠实于脸谱？
我们什么时候又曾毕现于性格的分类？
但是，经过雕镂的羊皮

可不吃这一套，光影交错，
好一派乱弹，激越的小影人
像是有明确的目标：它们致力于
捕捉我们的不真实。如此，
反而让我们的全部真实
看上去仅仅是一些背景。

2005 年 7 月

捉影子协会

“这样的事总会有点影子吧”——
如此，鸟人嗫嚅鸟事，跨国像投石，
乱捏脂肪，像号人脉，且幻想着
没有人能不在影子的逻辑中。
影子总不至于出错吧——
大意是，没有人能不留下影子。
空穴别传，活色当然生香，
肥是肥非，胖对了还挺好看，
有模有样的，“宝贝，请走两步”。
影子史缠绵人之树，只惟妙，
不惟肖，如此，鸟语婉转着耳语，
作用还真不小。“这种事情
总不至于一点影子也没有吧”。
确实，影子的逻辑吹风给每个人，
咯唧咯叽咯咕，惑众像凑人数，
惑不到点子上就赫然喟叹
人性的因素。二十多年前，

其实已有过一次更标准的感叹——
我读格雷厄姆·格林的同名小说，
稍一走神，竟读到北京仿佛是
约翰内斯堡。南非的影子笼罩着
人生的幼稚。几乎在同一天，
通过王佐良的妙手，没费什么力，
我就把菲利普·拉金变成我的影子——
“较少受骗的部分”：
一个目标竟然可以这样定，
一本诗集的名字竟然可以这样取，
这种感觉真他妈的太棒了。

2005年11月

风车协会

这里离天山很近，戈壁如同拖网
刚刚被从时间的海底拽出。

这里，凡留下影子的事物，
也像影子一样简单——

比如，简单到奇迹皆由影子来测量，
简单到心灵可以像风车那样跳舞。

这些巨大的风车由荷兰引进，
它们在半路上等候我们——

我们未必不是悠悠白云，
我们未必不是风声中的精灵，和蝴蝶同名同姓。

我们未必不是全部的孤独。

我们未必不是人如大雁，生动于浩渺。

——赠沈苇

2005年10月

天书协会

无耻的轻蔑不曾让它
损失过什么。想想看，一旦认真起来，
遗忘就如同为四十一颗陨石
重新发明本地的沉默。你需要不需要——
严格地讲，其实并不能证明什么。
想想看，金子的闪光
可入药，且疗效相当显著。
而你一辈子也不知道
如何才能信任一回无知。
难懂的其实并不是怎样面对
它的存在或缺失，而是如何选择
一个最低限度的自我：比如说，
不拿绝对的诚实来比较
我们每个人接近真相的程度。
也不用人心来暗示文具店里
尺子的种类仍嫌太少。
想想看，它的封面色彩竟会如此单纯：

漆黑的，引诱你咀嚼星光灿烂，
蔚蓝的，促使你严谨于自我的解放。
至于无色的，当听众席上
只剩下蝴蝶和蜻蜓，它暗示你
就站在那里，旁边即有一个着落点——
没错，人生此刻如同一个巨大的货架，
应有的，价格透明，且尽量美观；
许诺会有的，若隐若现但绝对逼真：
如同你不一定是你唯一的对象。

2005年10月

孔雀舞协会

孔雀不跳孔雀舞。
但是我们不服气，我们断定
没有一只孔雀能躲过
我们的眼神。没有一只孔雀
能逃避我们的天性。
这些林中鸟体形优美，大小得体，
很适合提供名义和姿态；
它们移动脚爪，准确地求偶——
每一阵徘徊，都会将一小片草叶
踩成渗出浆汁的琴弦。
它们的美丽如同从更衣室里传出的
一场雄辩：启发一切皆有可能。
于是，我们把世界变成舞台。
巡回演出，传授鸟与人之间的
新关系如何步入高潮，或跌入主题。
在入口处，垂挂的条幅
默认着每一阵微风：上面的字

很工整，很清晰，很好辨认：
我熟悉密林的深处就好像
你从未走出过西双版纳。

2005年10月

灵魂人物协会

海浪给礁石鼓掌。场面偏僻
但气氛却相当活跃——
就好像有一场永恒的义演
在我们换好泳衣之前刚刚结束。

那些附着在礁岩上的贝壳
则如同拍出的老茧。雪白的浪花喷溅着
就好像此地有一副下联
还没有被过客对出。或者，不开玩笑，

你是我的下联。椰林的主题曲
摇晃着粗糙的顶梁柱。没错，严肃的笑
是一个可爱的主题，仅次于
是否有必要随时超越自我。

多好的细沙呵，柔软得如同
一次真正的接触。细沙演奏时间不等人，

但是，它可以破例等一等你。因为你问我
什么叫找不到原路也没有关系？

一群海鸥给我们的假期打分，
开始时，没有人会在意，因为
香辣烤鱼片负责记录得票率的高低。
此地确实是锻炼眼力的好地方。

差不多每天都是这样：两打螃蟹
将它们的壳贡献给你，以便你写下
你只愿意在旅行中说的那些话——
仁慈地，幸好我和你，都不是第一听众。

感叹代替消息，不确切

也没什么不好。比如说，晚霞的明信片
平放在大海的背脊上，供我们免费取用。
你还记得你第一次被风景催眠是在什么时候吗?

2005 年 10 月

绝唱协会

白云的售票亭向你我发放
蔚蓝的门票。一只大雕
飞过垭口时，就好像有一把铁勺
伸向空气的平底锅。

每一块草甸都可用于最深奥的安慰——
即便你只是蹲下来，在原地
清理背包里的熟食和泡菜。
每一条溪流都能让你分辨出

两个自我。而且，每次，绝不重样。
但是，每一阵清新，都不参与解决你的问题——
即便你有办法让太阳做你的辩护律师，
即便你得到过一百头狮子的授权。

是的，每一块凸露的石头
都能供你击败耻辱。每一片青苔

都能为自然法提供一块光滑的补丁。
没错，陡坡上，羊群挽留天堂。

角度随你选，快门随你按，
免费深入，要多久，就多久。
免费忘我，免费自然一点，
免费彻底放松，免费爱不够。

2005年10月

风马牛协会

草原延伸着我们的尽兴——
辽阔在休息。蓝天垂下
它的鞭子，令胡杨长得像柳树。
落叶席卷着云影和苍茫。
面具送客，表情很无礼，
才懒得辨什么主体和客体。
如此，只要角色在，就不分人和神，
像碗里的白酒不分我和你。
低矮的山丘的另一侧，
马群在奔跑。这一幕，
被安排得很幸运。当地人告诉我，
这些马至少在七百匹以上。
滚滚的尘烟中，那已不是一阵风，
而是一个风暴，完美地
诞生在它们的铁蹄下。
奔跑的牛群也将出现在我的梦中，
并把月亮的引擎声淹没。

放眼望去，风景坦率得
如同一沓平静的证词——
沙漠化转眼就是沙漠话，
牛车的辙印里，颠簸的摩托少年
驶向黄昏深处的美发厅
和彗星边缘的台球室。
天外天借一个胆给你，问题是——
你还愿意当着我们的面使用它吗？

2005 年 9 月

非常原始协会

我邀请墨绿的山峦
来到鸟的国度。在我们出售
它的门票之前，那里是
鸟的世界。啼鸣录下来就是乐曲，
可直接拿到泼水节上去播放。
掠影惊心，就好像还有一些爱
没有我们被下过注。所有的色彩
均由云雀胸部羽毛的颜色来决定。
你插不上手，只能像我一样
把精力用于选择时机，
以便在狼的脖子上
套牢一条超现实主义的锁链。
在我们出售门票之后，
鸟的国度就渐渐蜕化为
鸟的王国。它的横断面很受欢迎，
甚至被印成了邮票，
发行到海底的岩洞里。别以为

你没有去过那里，邮票就认不出你。
你应该明白，到目前为止，
还没有一个王国能对付得了
我们的历史，不论它是动物的，
还是植物的。幽灵的又怎样?
当我把墨绿的山峦邀请到
鸟的世界，它的巅峰马上来了神，
舔完朝晖的脚趾，接着就去
舔晚霞的小腹。当一颗星星被舔得
不好意思时，我就邀请它
充当这首诗的句号。

2005 年 9 月

神游协会

几乎每一种生活都可以
被旅行所取代。假如你的生活
不能由旅行来定义，那么，
你也许可以考虑去买一只候鸟
来做你的秘书。我采访过一百万只候鸟。
最忙碌时，我曾用零点零一秒钟
采访过四十只美丽的天鹅。
这一记录，迄今尚无人打破。
我喜欢生活的空白，因为
我的水星旅行随时可以将它们填满。
我的登月旅行让我发现了
一个坐落在岩洞里的小说博物馆。
我的天堂之旅让我逐渐摆脱了
对梯子的迷恋，转而爱上了
固定在热气球下的吊篮：
我甚至觉得每个这样的吊篮
都将改变我们的生活不止一次。

你也许还记得，生活中最美妙的事
是在旅行中发生的。假如我们
无法就最美妙达成共识，我也不会责怪
你不是一只大雁。窗外，
风景忍受着乱石。大地上有很多
我们看不见的缝隙，但是麻雀
能发现它们。很多可爱的小颗粒
就寄存在这些缝隙里，令麻雀流连忘返。
我不会怪算命人算得不准确。
我的旅行结束在塔里，并非像他说的——
将会结束在一口井中。而事情
又发生得非常突然：就好像
我给大雁剥橘子，但只剥了一小半。

2005 年 9 月

魔鬼教练协会

我的进香之旅自东向西。
因为在我居住的地方，只有西边有山。
白天，我随着上升的太阳一起爬山——
它爬看不见的山，我爬我的
耸立在世俗中的山。我们同步
但是不是同行。傍晚，我目睹它
像一个赌红了眼的轮盘，滚落到山的那一边。
而我，无球可滚时，却发现
我可以把我的影子揉成一团
投进农家小院。假如你想知道
更多细节，我可以告诉你
我正爬着的山还有一个名字叫燕山。
它的众多峡谷里，的确出没着
很多漂亮的燕子。这些身影轻盈的小家伙，
像是会飞的药引子。似乎，
每一件需要打交道的事情
都有不少可疑的症状。有些东西，

我必须走得足够远，才知道
它是一段和你有关的距离——
就好像你现在已不是人生的秘密，
只是一炷纤细的香。有些东西，
我也只是在揉我的影子时，才注意到
它们比我原来想象得要沉重许多。
因为这些沉重，我庆幸
眼前的群山得名于燕子。我意识到
我还有许多山要爬：我不在乎
它们是高是矮，是险峻还是平缓，
是世俗的还是无形的，是哭泣的
还是月色溶溶的。我也不嫉妒
太阳每天只需爬一座山。

2005 年 9 月

自杀未遂者协会

第一次，你拿的是一只垂危的兔子，
在我周围软磨硬泡，固执地不肯走。
我对你说，我不是魔法师，
我不能把它变成一朵荷花
以缓解它的病情。不错，我们
是在魔术大赛上认识的，
但这又能说明什么呢？第二次，
你拿来的是一只少了一条腿的鸽子——
你首先声明，说你并不想用它
来试探我的功夫到底有多深。
但我不得不再次向你解释
我不是魔法师。我身上
既没有要隐瞒的天赋，也没有
要挖掘的天赋。第三次，
你拿的是一个鱼头，它很大，
像一只被冻得表皮发黑的鸭梨。
你说，你的要求其实很低——

你不再要求我给它一个完整的身子。

你只要求我把它的前世变出来。

看来，我只有答应你了——

一百年后的今天，你来取货吧。

2005 年 1 月

卷 二

绝对审美协会

我蹲下来，我在等
细得像鞋带的蚯蚓说话。

我的四周是没膝高的油菜地，
自行车放倒一边，我像是已无路可迷。

成年后，每个人都声言
他们没见过会说话的蚯蚓。

这世界已足够小了，但我们还是
找不到你真正想要的东西。

蚯蚓先生，你知道你最渴望得到的
是什么吗？你身上的线

看上去太短小，就像是主动邀请我们
把你当成一个诱饵。

而你的身材细长，很适合在地下跳探戈。
这也是我尊敬你的地方。

我为你准备的耐心甚至超过了
我为我的生活准备的耐心。

我不介意你的性别，假如我邀请你做我的诗神，
你会在意这首诗里干净得没有一点土吗？

2005 年 8 月

喜剧演员协会

我带着我的猴子散步，
但每一次，我都不得不听任它
选择它想走的路。很奇怪，
它喜欢向西延伸的路——
它身体里像是装有一个探测
香蕉和水蜜桃的定位系统。

我几乎总是跟在它的身后。
它对我们的世界还很不习惯。
它经常会把我当成树干搂得紧紧的。
它很容易受惊，它的两只眼睛
频繁地眨动，像滚落在地上的水银珠。

我当然是它的主人，这一点
几乎不用证明。而一旦走出屋门，
我很快就会感到一丝难堪——
很多时候，我更像是它的跟班。

在散步途中，但凡有一点自然的迹象，
它就会挣脱我，像一团撒出去的灰。

我并不嫉妒它比我更善于
和自然打交道。它很敏感，就仿佛
我和你的生活确实与它有关。
它会做很多可笑的事。有一次，它竟然
把我给你写的信翻出来，放在炖锅里。

那似乎是它表达感情的
一种方式。给它取名字，颇费了我一番工夫。
它看不上以往那些为猴子准备的名字。
它就像一个公诉人盯着我，直到最后
我给他起名叫天鹅，他才回应我。所以，
也不妨说，每天，我是带着我的天鹅在散步。

2005 年 8 月

烙印协会

沾半点神秘，地点便像烙印。
据称，花果山不在河南，就在四川。
而雪山不能被任何一张订单移动，
就像一块巨大的冰，它冷冻着诺言。

也许只有你才配得到它。
你就像是在撑开的油伞下脱袜子的月亮——
多看上几眼，竟然也可以
半是姐姐，半是美人。

如果没有你，岁月确乎可以无痕。
当迷途引来诗，除了丁香，
似乎还有很多种子可供选择。
我们曾互为种子，而播撒它们的方式

像也是不止一种。你带我出远门，
每一次，夜晚接替码头，

像是授了粉，在我们的周围垂下
它那巨大的果实，或漆黑的成熟。

附近，湖边上的水塔摸高给青蛙看。
这一幕，换个角度看：就是日子深得像切口，
我看见，液体的你汩汩奔涌——
前方，一座悬崖的戏剧像是能终结所有彩排。

仿佛事先约好似的，美丽的风暴
专程跑来告诉我，什么是
人生的冷门。而我保持着骨感，
不随便虚胖，也不轻易求助于北京热线，

但假如你接通的是宇宙热线，

我倒是愿意多说两句：第一句，天要下雨，
也许确实还有很多人以为你不是一个神。
第二句，美妙还真不是吵出来的。

2005 年 8 月

园艺爱好者协会

在你的梦里，我是一个从南方来的花匠，
但你不能肯定，就好像一件事情
把一株植物映衬得太单纯了
反倒会让我们感到困惑。

我的瘦高个使我看上去
像刚施过肥的向日葵。
你收起镜子，就如同收起
我只喝了一口水的茶杯。

而我的影像在被水银的舌头舔触时，
我突然明白了为什么会有人觉得
在这个世界上他永远也不会找到替身。
一般而言，一株植物是

很好的替身：要么是花朵太艳美，
要么是叶子太有特点，一株植物

总会有它自己的分神术，使我们常常忘记
它是我们的替身。

甚至有许多动物已习惯了作为我们的替身
出现在各种场合里。不过，假如我
有充分的自主权，我会倾向于
选择一株植物来取代我

目前的生活。我已经开始写
花木嫁接日记。我打算栽培出
一株理想的百合：我相信，它会为你区分出
什么是真实的，什么仅仅是喘气。

2005年8月

认养流浪动物协会

为了我找回我走失的猫，我要去植树。
我已制订了一份严格的植树计划。
今天下午，我就会去种一棵桃树，
后天，我会种上一棵山楂树。
接下来的日子里，我会依次种下枣树，
梨树和柿子树，以便像布阵那样
在我和它常去散步的环境中
造成一种特殊的间距。
我的邻居曾面带古怪的微笑要我解释
我领养的这只花猫为什么爱爬树。
它尤其喜欢蹿爬果树，就好像它的胃
是一个由蛀虫组成的军团。
在我领养它之前，它的流浪史
就像我读过的一本非洲小说。
每一年，它都会经历几次爱。
而它的每一场爱，都像是激烈的遭遇战。
当我把它抱上沙发，它为我发明的温柔

我曾以为这辈子我只能在植物身上才会见到。

我必须设法找回这只猫——

它曾纠正过我对流浪的无知，

更重要的，它就如同我的胃。

也不妨说，它无意中给了我一个胃。

2005 年 8 月

趣味消夏协会

到了夏天，夜晚像是可以被选择，
方式也不复杂。比如，在军用望远镜里，
我观察到一位漂亮朋友，长得既像我又像你：
他打开巨大的笼门，像打开
小旅馆里的柜橱。他想挑选一套
适合夏夜的休闲服。他想尽可能快地融入
本地的夜色。但是，几朵灰黑的卷云
正在里面小憩。他不知道
该不该打扰这些毛茸茸的家伙。
有些事情是容易解释：比如，
这外表看去很平常的橱柜
为什么会有如此意外的空间
能容得下几朵黑云。但是，诗，
掺和进来做什么呢？特别是，
当一种迷人的错误涉及诗的骄傲，
很多东西又不便解释得
像是在猫和鼠之间有一份古老的契约。

作为一个使用望远镜了解生活的人，
我知道我有很多局限，比如，
我始终都没能弄明白在这种情形下
如何更巧妙地使用望远镜
才能避免出现一些显微镜的效果。
我也不能替他辩解说：这些黑云
同我们的心灵感应毫无关系。

2005 年 8 月

乌鸦嘴协会

乌鸦传才读了一半，我的朋友
便打来电话告诉我，乌鸦史
今天早晨已经上市了。据称，销量还不错。
看起来，乌鸦很有人缘，
并不像在另一个世界里那样
已被寓言熏得奄奄一息。
有这样的黑鸟在，我们似乎减轻了
不少负罪感。但是，几乎没有人
愿意承认我们曾受惠于
乌鸦的劳动。没有人知道
一只乌鸦每年能清理掉
多少可怕的动物垃圾。
没有人换算过一群乌鸦的汗水
已为我们节省了多少根金条。
我的朋友曾奇怪我为什么喜欢
用透明的酒杯喝咖啡?
现在，是公开这件事的时候了——

在我看来，凹陷在玻璃中的咖啡
分明是一只液体乌鸦。
而当我称乌鸦为黑天使，你的口头禅
还会像一口井那么严肃吗？

2005 年 8 月

如何让阅读避免麻木协会

第一天，湖上只游荡着
两只鸭子。潜水时，它们姿势很好看。
每隔半分钟，它们便会把它们身上的灰绿色的楔子
往水面钉一钉。它们也许就是绿头鸭。
第二天，又有五只鸭子
加入进来，像个天然而可爱的小圈子，
它们的队伍在渐渐扩大。
它们的名声就像电视新闻播告说
明天的天气会很不错。
第六天，我已无法分清最先勘测这小湖的
是哪两只鸭子。它们混杂在同类中，
就像一个隐士在热闹的餐桌上用过的两只碗。
是的，早在它们光顾这片水域之前，
我就说过：这小湖是我总有一天
会启用的绿色餐桌。我不介意
它们有点躲着我。它们喜欢巡游在
小湖的中央，似乎那里比较安全。

它们有意离堤岸远一点，
尽管在那里，它们吃不到
我丢给它们的面包。我几乎能体会到
几条小鱼游近那些扑动的脚蹼
会有什么样的感觉。因为我曾潜到水底，
伸出的手指，如摇摆的小白鲢，
采集给你带来灵感的珍珠蚌。

2005 年 7 月

追问我们是如何着迷的协会

除了我们熟悉的春夏秋冬，
应该还有一个季节，专门用来
向你运送你需要的养料——
就仿佛你曾向一个花店老板恳求过
你需要我们服务到家。

到家时，影子接待我们，
每个杯子下都垫着未来之花的花瓣——
隔热而有趣，它们粗看上去
就像郁金香的变种，刚培育出不久。
杯子里的雨水可直接饮用。

我从来没想过雨水会这么好喝——
这些从天而降的小家伙，个个舞技玲珑，
绝对有理由被叫作甘霖。
它们曾租用闪电做绳索，给命运号脉，
它们拧干了乌云的每一个帐篷。

除了解渴，它们还能助你刷新风水，
当你被浇透了，它们使你像一尊刚被还回来的佛。
新月的小杂货铺前，两株油松耸立，
远远看去如同一对重新和好的父与子——
它们的倒影，像纪念章，别在小湖身上。

你真的要我告诉那些你从未见过的人
我是一只鹤吗？你信任我们的真相
就好像你是一片绿叶。而站在我的角度——
你是世界上最好的丝巾，
这美丽的夜晚是我的十万个为什么。

2005 年 7 月

反对粗暴对待自言自语协会

我很好奇：你为什么想知道
海棠的影子和鹌鹑的影子有何区别？
在海棠，太阳和影子学者之间
有一种奇特的三角关系，
还没有被泛滥的臭水沟浸泡过。
你知道，从外表上看，
我很像一位影子学者：我有茂盛的轮廓，
但是我轻得就像放在草地上的
一只风筝。我的耻骨上
系着一根已绷断的线。
着地时，我只受到了轻微的撞击，
几块擦伤就像寄给我的影子的
几张汇款通知单。我研究影子
不过是想知道：我为什么不像其他人那样
仇恨影子，或害怕影子。
我曾向影子狂欢节介绍过
三种动物：山地狼，美洲狮，东北虎，

它们都有被笼子长期关禁过的历史。
它们现在已成为我的朋友，并代替我
继续向治愈了它们的抑郁症的节日
介绍新的伙伴。至于鹌鹑，
它让我明白并不是所有的事物都会有影子。
它是我所知道的世界上最健全的生灵——
鸟，只是它身上的一个标签。我这样解释
鹌鹑的影子，你能听懂吗？

2005 年 7 月

寻根协会

一道大坝将它的暗影
插入我的寻根旅行。空气中浮荡着
苍鹰的气息。其他的气味
相比之下，要淡一些——
仿佛是飘下山梁的风
在暴露的、被撕扯过的尸骨上
打了一个结。要是在往常，
我也许闻不出其中的差别。
我的脑回沟里，只有你留下夜雾——
有一股魂魄已经得到了
半明半暗的教训，但拒绝醒悟。
我的生死场隐秘得如同一件上锁之后
再未打开过的语言的皮箱。
我向我的根滑去，巨大的惯性
将适应我的肌肉的颤动。
我摔断的肋骨上将刻下
闪电的俚语。这儿，再快一点，

那儿，再灿烂一些。也不妨说——
我正走向你，沿着崎岖的心路，
穿过下跪的现实。信号减弱时，
我正专心给年轻的狮子医治心理创伤，
它在追捕羚羊时，前后各有一条腿
踩到了失事飞机的零件上。
如果没有意外，它的狂奔
将成就又一次绝杀，
足以和苍鹰的突袭媲美。
取材于茫茫草原，一次轮回，
给历史开小灶，用枯枝的信仰
生出一股烟，刺激爱的萌芽——
不过，只在罕见的情形下，
我们才会受惠于身体的道德。
很遗憾，在这些场合中，诗，
既不是猎物，也不是得体的见证。

诗，就像一株植物在漫长的旅途中
留下的碑：凡可辨认的，
都已经被你的无名深深溺爱过。

——赠蒋浩

2005 年 7月

苦肉计协会

他打开手提箱，从里面
取出一副镣铐。看得出，他很擅长
从封闭而狭小的空间里取东西。
但这镣铐，又绝非仅仅是东西。

看得出，倘若换了别人，这镣铐被取出时
一定会发出丁零当啷的声响。
而在他手上，它犹如一条蟒蛇无声地摸索着
我们身边的空气里的洞穴。

他蹲下身子，用油布轻轻抹了一把镣铐，
然后，将它们戴在他的脚踝上。
他将免费为我们表演戴着镣铐的舞蹈。
他已经在踢腿，旋转，腾跃……

开始时，我们关注的是他的身体——
特别那两只脚，它们是否会被磨破？

他的肢体是否真的不会受到丝毫束缚?
随着演出的深入，我们的注意力

渐渐集中在哗哗颤响的镣铐上。
我多少会感到惭愧：因为
在偶然看到他的表演之前，我也曾胡扯过
有一件事情很像戴着镣铐跳舞。

2005 年 6 月

邂逅协会

几株雪松错落着时光的门廊，
紫燕飞上飞下，给命运调音——
它们迷乱的影子
就像被锉子锉下的碎屑。

不必担心没有人知道
如何回收和加工这些碎屑。
等待着被植入另一次苏醒时，
诗，生动如同一个器官。

自我，更具体，像勃起的胃。
而一旦抬头，像是很偶然，可以看到
太阳正脱下它的橙色泳裤
搭在银杏树的树梢上。

树荫下，半篮子白杏正吸收着噪音。
紧贴着灰砖墙，又一排珍珠梅

打开了它们的百叶窗。
记住！你看到的湖，就是我的抽屉。

你想试试吗？你是否知道自己
已爱上极端的辨认？挂在水塔上的
彤云的条幅仅供替身们参考。
记住！没有秘密，我们凭什么说到爱。

2005 年 6 月

金不换协会

感谢诗里总会有一点秘密。
感谢诗大多时候就像一口再有半尺
就要被挖到泉眼的井。
感谢诗里有湿：其中，旋涡
可用来测量人生，点点滴滴
可用来润滑记忆和愿望。
尤为重要的是，感谢诗的
无血也无肉。感谢诗一向不靠血肉
来模糊我们的双眼。
感谢诗有非人的一面。
感谢诗表面看上去是
由有血有肉的人写出的而最终
诗并不流于有血有肉。
感谢诗始终都不曾丧失
这样的独立的性感。

2005 年 6 月

过客协会

小湖的堤岸上，黎明的秧苗
一直在陪伴我。除了晨曦，
周围似乎还有很多东西
都想要将它们拔起来，偷偷带走。
而除了新鲜的光泽，这些秧苗
几乎难得被看见；
即便是它们身上的那些光泽，
也是不确定的。这些秧苗全无睡意，
一边陪伴我，一边舔着空气中的尘埃——
它们不介意我在练习分身术。
是的，我必须设法分身：
我有两条狗，需要我不停地给它们
分派角色，比如，保险箱旁的武士，
或是小花圃的捣蛋鬼，要么就是
未了的人鬼情之间的信使。
我还要挤出时间，修理一下
我的最近刚补过胎的生活。

我还想照顾好一株柏树——
坏天气时，它会主动帮我拔光
渐渐围拢的灰雾的羽毛。
另一个理由是你的朋友告诉我
在它下面埋着一只从澳大利亚引进的鸵鸟。
如果我练得顺利，我也会花点时间，
试着管晨曦叫太阳的胡须。

2005 年 2 月

极限体验协会

我熟悉我们的变形记是因为
一百年前，你曾变成蟋蟀——
事先毫无征兆，没有纸条留在枕头下，
也没有邻居听到过呼救声。

我猜想那些爱过你的人曾买下
当时最好看的景泰蓝钵罐
放在床头，墙根下，等待着奇迹出现。
但愿奇迹不介意。

在我租用的院子里，有一株石榴树，
它安静得就像幽灵和自然之间的一个界桩。
一笔隐蔽的财产，它刺激我
加速恢复我自己并不知情的天性。

如此，我疏远我们的变形记是因为
二十年前，几乎同样的事情

又发生了一次：你变成蝴蝶，
留下话说，你想站在时间的一边。

你假定每个人都会受到
蝴蝶的启发。轻盈而美丽——
用这样的装备，即使陷阱再深，
也无法阻止我们从里面翩翩飞出。

我不放心我们的变形记是因为
你总是从人变成小动物——
更久远点，你还曾变成青蛙，
变成甲虫，变成蚂蚱舟里的

小舵手，动作老练，但还是蚂蚱。

也许，我可以组织我们的反变形记——
在早市上挑选一只兔子。既然你爱吃它的肉，
我就有办法让它变成你。我站在形象一边。

2005 年 7 月

蜡像制作者协会

哼着小曲，我们来到迷宫——
一路上几乎没遇到堵塞，
我们提前赶到。事情太顺了，
也会有小麻烦。所以，我们现在只能参观
迷宫的前身：一座蜡像馆。
只能是一边闲逛，一边伫候
这蜡像馆如何和沙漏捉迷藏，
脱胎成迷宫。该具备的
条件差不多都备齐了——
它有一座服装厂的面积，
转到哪个角落，都有点像在殡仪馆。
那气氛仿佛是要向我们暗示——
“假如没有尘世，假如没有天国，
假如只有现实”。没错，假如只有蜡……
用于照明时，蜡，就像凝固的诗，
完美得几乎无可挑剔，
而一旦用于捕捉我们的身体，

却显得滑稽而丑陋。
蜡，确实很辣，手段不俗，
它捕捉我们时，就像是在往我们身上
套一些花色鲜艳的衣服——
而一旦我们穿上，那些衣服
就会变成一张张皮。我能证实的只是，
蜡本身没有错，我们的身体
也没有多少错。也许，错就错在：
我们的身体是我们不太情愿承认的
一座迷宫。当然，也不总是这样。

2005 年 1 月

不惊人协会

太多的慧眼已经落后，
它们需要把自己嵌在洞里，
才能向外看。但，我们
不在外面。好一阵缤纷——
每一道裂缝之上，都挂着
红彤彤的小灯笼。
是的。但那和我们没有多少关系。
我们谁都没有藏起过那个“不”字。
比如，不邀宠于简单，
也不假面于一点都不复杂。
为什么要那么明确地选择
向自我学习呢？有什么秘诀吗？
还有没有其他的挑战？
假如我放任信任，

我能摆脱掉多少自然或不自然。
我又如何新颖于自我惊喜
像一首折磨人的好诗。

2005 年 1 月

理想读者协会

我收藏的石头阅读我
但我并不知情。我只知道，
经过认可之后，这些石头
被我从各地带回北京后，
已不再单纯是大自然的杰作。
它们开始带有我的烙印，
它们越来越像是我个人的作品——
它们是我眼中寂静的甲虫，
它们是语言的秘密的图腾，
它们的意思不便随便吐露，
它们身上的象征色彩
令整个高原感到赤裸。
我也是在赤裸的时候，
感受到它们的目光的。
它们的目光不仔细分辨
很容易被当成淡淡的反光。
它们的目光表面上有点单调，

但是很直接，很怪异。
它们读我，似乎并不是由于
我是一件可供它们消磨时间的作品，
而是因为它们喜欢阅读本身。

2005 年 2 月

出头鸟协会

世事像一片稀疏的竹林——
大部分竹叶已经耷掉，不过，也有几片
竟然像野猫打过的领带。

旁边，一株槐树正在播放影子的哭泣。
离地三尺处，它的树干
被涂上了砍伐的标记。

假如再找不到其他的屏障，
这片竹林也还算不错的选择——
我愿意为你穿越它们。

你现在只露出很少的一小块，
你就像凸挺的塔尖。而半个月前，
你还是在拖网中挣扎着的带刺的信使。

2005 年 5 月

信其有协会

暗夜围绕着花海，
我坐在梳子上休息。
顺便闻闻什么叫清香。
梳子很大，但也不是不可想象，
它刚刚梳理过命运。
它的木齿上沾着无法辨认的
黏糊糊的汁液。它触摸过的东西
绝对不可和傻瓜交流。
为妖媚一辩，一只鲨鱼
游过我的脑海。我捕捉着
那些仍然可以被叫作爱的活动——
多么轻巧，它们就像在树木间
展开的鸟翅。我正租用的

隔音设备效果还不错。

我能听见一只耗子的自我警告，

它说附近有条瘸了腿的狗。

2005年4月

自我表现协会

我喜欢诗中的散文——
它就像一群蝴蝶吸在大象的身上，
大象刚刚走出灌木。

移动的大象表情放松，
如同一队正在非洲度假的哑剧演员。
它们脚下的湿地像一张老照片。

而头脑僵硬的家伙们总也不能适应
大象背上的蝴蝶。
他们叫嚷，蝴蝶应该待在泉水旁。

我喜欢诗中的散文胜于
诗中的诗。相信我，因为我
既不是大象，也不是蝴蝶。

2005 年 1 月

如何有条件地把握真实协会

我们称之为雪的小东西
狗会叫它什么?
狗如何鉴别雪的颜色?
我的意思是说我们在黑暗中
什么也看不见而狗
却能看清周围的环境,
甚至是隐藏着的东西。
狗在黑暗中比我们看得更远,
不过还好,这不涉及
它有我们没有的本能。
狗喜欢冲着在黑暗中
移动的物影狂叫,
但从不会对飘动的雪
发出半点声响。
狗的警觉能适应各种情况,
而有一种就像早晨的雪一样安静。
我溜我朋友的狗时,

发现它喜欢留在雪地上的脚印，
它把它的尿撒向脚印——
它看我往快要和好的面粉
掺水时，也是这表情。

2005 年 2 月

假如事情真的无法诉诸语言协会

粉红的铃兰教我学会
如何迎接孤独。每个人都害怕孤独，
但是铃兰们有不同的想法。
这些野生的小花不声不响地
淹没着它们周围的冻土。
它们看上去就像退潮后
留下的海藻。一片挨着一片，
用我们看不见的旋涡
布置好彼此之间完美的空隙。
它们还曾把黑亮的种子
藏在北极熊厚厚的皮毛间。
它们做过的梦
令天空变得更蓝。它们的面纱
铺在兔子洞的洞口附近。
小蜜蜂的暗号不好使，
它们就微微晃动腰肢
为我们重新洗牌。

大鬼小鬼总爱粘在一起，
早就该好好洗洗了。
它们读起来就像是写给孤独的
一封长信。它们的纽扣
散落在地上，让周围的风物朴素到
结局可有可无。我的喜剧是
没有人比我更擅长孤独。
没有一种孤独比得上
一把盛开的铃兰做成的晚餐。

2005 年 3 月

沸腾协会

彼此推搡着，磕磕绊绊，
这些白色小圆球滚向
我的生活，就仿佛它们知道
在夏季那片低地曾被用于泄洪。
我的生活中一直有洪水，
只有到冬天，大量的冰
才有可能冻住它们的奔泻，
冻坏它们的象征机器。
现在，正是在结冰的坡地上，
这些小家伙滚成了小混球，
每个捏上去都又软又硬，
一点也不像文文静静的元宵。
霎时间，它们已经填满了
我生活中的所有角落。
有些角落甚至早已因真实而荒废。
而它们却浑然不觉，它们滚到哪里，
哪里就会有冰水被加热。

越堆越多，它们让我的生活看上去
像个被临时借用的秘密仓库。
它们因单纯的沸腾而饱满，
又因过分圆滑而被罚在出锅后
只能用鼓胀的白胸脯来对付我们。
加热它们时，我实际上
也在给我的诗生活加热。
又一片记忆的空白，但我不会忘记
它们的铭文是用好糯米和成的，
上写着："成熟源于沸水"。

2005 年 2 月

牧羊人协会

买了一百只山羊，我打算开始
我的新生活。我的新角色是
扮好牧羊人。我用记忆的珍珠
制作我的衣扣。从乱麻里，
我抽出一根线索做我的皮鞭。
我也逐渐适应新的姿态，
我常常趴在草丛中的镜子上解渴。
我给我的头羊起名叫兄弟。
我经常对它说："兄弟，你难道
就不能兄弟一点，管好你的兄弟吗"。

一旦我对着空气挥舞我的牧羊鞭，
我就能听到和你有关的线索
在噼啪作响，不再顾忌
用戏剧来分配生活是否合理。
每天，我都会驱赶它们
来到不同的草场上。我的头羊

很懂事，它像是早有准备，

它开始坦然地咀嚼这首诗，就仿佛

它要对付的只是一株鲜嫩的绿草。

2004 年 1 月

小道消息协会

我和我的黄鼠狼情敌租用了
一个果园，来庆祝你的生日。
你就像一个大柚子：他们嚷嚷着，
可以把你掰成均等的五瓣。

他们动作很快，像是在下车前
纷纷偷吃了小药片。而我找不到借口
拒绝分给我的那一瓣。这也是第一次，
我发现有一个自我很难被说服。

立秋后第一轮的满月已升起来，
它硕大并且新鲜，如同被宇宙之露
泡大的另一个柚子。它不同于我在夜市上
见过的一枚足以乱真的金币。

这也许是一个梦。所以

我自然不会进食那掰成瓣的柚子。

而你被风干得很快，像块腌过的兽骨，

笼罩在金色的判断下。

2004 年 9 月

飞天协会

嘴上，舌尖上，肩膀上，手心里，
敞露的小腹上，膝头，心坎……
似乎还有很多这样的地方
可供你栖息。因为下着这样的雨，
我确乎是你的梧桐。从我身上飘落的叶子
就像一张张绿色的门票。
除了你，我不再有别的悬念。
我把你放在我的思想里——
思你，想你，甚至思你所想。
在我生活的环境中，思想是大词，
大得就如同一个被反复凌辱过的宇宙——
它像是已经空了。它正蜕变成一个原罪。
不过，我最后还是决定
把你放在我的思想里。似乎
那是唯一适合你的空间。
我不担心你会因思想而被误解。
你有你的过人之处：把你放在小腹上，

你是美的。把你抓在手心里，
你也很坦然。把你放在心坎，
你是温暖的，像用沙子闷热的芋头。
把你放在我的思想里，
你因而是一颗凄美的彗星。

2004 年 8 月

诗人摄影家协会

偶然地，一只美丽的红嘴雀
促使我学习摄影。我放开手脚，
先从一麻袋胶卷入手。
我喜欢听到快门的啪嗒声：
它们就漂亮的衣扣在黑暗中落下。
也可能，我真正喜欢的是
我手里拿的每样东西
都有一个快门。既然我不想用粘网
和它交流，我或许可以选择
用镜头捕捉它。在树枝上，
它的头频频转动，像一个松动的螺母：
它很在意它的羽毛，就好像它知道我的身边，
还有一个小仙女在看它。
你真的在看它吗？它的一举一动，
都像是在给我正寻觅的东西
做详细的示范。它的生命富有灵性，
而且仁慈地，限于不可比。

它的活泼像难忘的自由。

它激励我要正确地对待我身上的鸟。

它是一张我不会冲出的底片。

2004 年 3 月

世界观协会

底线像晾衣绳。
一整天，短裤，裙子，枕套，
胸衣，袜子，滴着湿乎乎的小辫子，
没轻没重地压着它。快要晒干时，
一场不大不小的雷雨
又心血来潮，跑下来察看
我们的邻居新制作出的几个盆景——
从万年青到仙人球，各种植物
向一手绝活报到，企求
在完美的缺陷中获得永生。
又过了一天，看上去更阴沉的
被罩，毯子，毛巾被，床单，
滴着叮当乱响的水珠，压得它
暗无天日。它被拉拽得确实挺狠，
它身上仅有的灵性告诉我们
它是用两根跳绳改成的。
终于在立夏那一天，它细长的肩上

已见不到任何衣物。
它悠闲在那里，轻得就像从火鸡身上
抽出的一根肠子，它哼着空气之歌。
不过很快，三只麻雀就结伴而来，
旁若无人地，踩着它的歌喉。

2004 年 6 月

非常神秘协会

一个不爱上街的男人
在街上遇到他的天使，
他的狗可以作证。

在没有遇到街上的天使之前，
他的狗就是他的天使。
他常常纵容天使扑向他的身体。

他的狗是纯种的猎狐犬。
他给它取过很多名字，
但最终选定它叫“天使”。

但我们又似乎不便说，
在遭遇天使之前，
他已经非常熟悉天使。

他的邻居们听惯了
他严厉地对他的狗嚷嚷：
“天使，你过来”。

2004 年 11 月

非常朦胧协会

也许可以这么解释：树有树的声音，
只是它不同于我们所熟悉的——
树叶在风中瑟瑟发抖。
石头有石头的声音，
那不是我们已经听到的
向山脚滚落的可疑动物
发出的阵阵轰响。
鸟有鸟的旋律，不过，
我们似乎很少有机会知道
究竟是哪一种鸟在叫——
不停地，像是在示范一种纯粹的结合，
鸟给我们的爱催眠。
鸟只理解极少的几件事，但我们
不责怪它。就好像诗有诗的声音——
假如一首诗写到石头，
石头的声音里就会传出
诗的声音。我喜欢这样的和声。

我能准确地分辨出声音的彩虹
何时会呈现在它们当中。
所以，我坦率地承认我追求的
不仅仅是写诗的过程，而是
诞生在诗中的一种新的声音。

2004 年 12 月

行吟诗人协会

你的身体里有一块石头，
不过，到目前为止，这是一个秘密。
甚至你自己都不十分清楚
这件事情。在此之前，你的心被描述成
一块上面刻了野鹅的矿石——
几条交错的划痕引诱你
迷恋简单中的不简单，就仿佛
再添上几道，你就会拼出
一张心灵的地图，或野鹅的
已经绝版的喊叫。你正向西而行，
用赤脚丈量你的爱。
一觉醒来，茂盛的荒草发电给
为取暖而折叠了一夜的骨头。
你恢复得像晨曦一样快。
你走起路来，样子很奇特，

就好像有一群麋鹿在你的前方颠跑着。
在这个世界上，除了那块石头，
似乎还没有一件东西有资格责怪你
为什么会如此大意。

2004 年 8 月

先知协会

还有很多秘密的小径可走。
在路边，你甚至可以捡到

蛇吞下又吐出的黄金。
在被压得扁扁的蒿草上

有松鸡下的蛋，
它摸上去是温热的。

你不是食腐动物，你会放下它。
你会感到诗就在附近。

在此之前，它是暧昧的人生。
在此之后，它是人生的暧昧。

2004 年 9 月

新超验主义协会

我知道你已不能想象
这样的细节：一只蝴蝶是一个开关。
这不怪你。甚至就连我
也无法确切地指出你疏忽过什么。
一只静止在小水洼边的蝴蝶
绝不是仅仅看上去像
一个我们还没有按过的开关。
雨刚停，一只蝴蝶
便出现在偶然的安排中。
我巧遇自我，就如同我想象蝴蝶
不可能按我们的方式看出
我和水泵的差异。但我知道
蝴蝶自有一套。它飞越丝瓜篱笆时，
我能感到我身体里的线
被拽长了九十厘米。当然，
我赞同这样的假设：绝不是
每个人的身体里都会有那样一条线。

此时，我不关心翩飞的蝴蝶
看起来像什么。令我着迷的只是
静止在小水洼边的蝴蝶——
它确实像一个天然的开关，
而我，克制不住那想要去按动它的愿望。
我必须告诉你：我不知道
十秒钟后，世界会变成什么样子。

2004 年 6 月

花非花协会

前身是什么已很难识别。
相互启发时，你停下来
看棠棣不辨东西南北，
招摇在自身的繁盛和喜悦中。

观看其他在开花的植物时
你从未像看棣棠这样
频繁回首，多次点头。
它们的身影是为迷路的蝴蝶准备的。

它们的清香独特，
如同一种氛围可以接纳
任何爱的誓言。它们在雨中的轮廓
绝不盲目于人生的宽泛。

从这些平常的日子里，
它们努力雕塑出它们活的自我。

它们出现在哪里，

哪里就是露天的课堂。

它们让真正的学习始于

我们能够从容地谈论

我们的植物兄弟。它们甚至请求你

反驳它们带给我们的爱。

2004 年 7 月

浪漫人格协会

白烟飘过堤岸，
送来一阵阵鹅的喧闹。
好一派自然，不新，不旧，
不深不浅，不打听我们是否人已到齐，
不要求我们面面俱到。

我的序曲里只有鹅的地方戏。
当我想分辨其他的声音时，
我只能看见垂柳的倒影。
而忙着补救我的记忆的是
波纹的同心圆。

要么就是我存心听不见
其他的声音。我天真于好奇怪，
就仿佛在附近有陌生人
正从鹅背上悄悄滑下，
准备结束他的环球旅行。

一旦环顾左右，山谷便开阔得
如同三天前它刚刚接纳过
一颗小彗星的紧急迫降。
而我们也不得不理解这样一个事实——
诗，意味着没有人能声称他不在现场。

山坡上，紫色的花丛倒向一边，
它们不解释我看到的事物
是不是真正的礼物。
但，每一次触摸，都能触摸到
我们的愿望正和芸豆的种子混在一起。

2004 年 6 月

新诗协会

这镣铐自在着，我和你
都看不见它。空气中浮动的
淡淡的铁锈味，表明它
就蛰伏在我们身边。
它就像一个很难描述的诱饵。
除了它自身的重量外，它身上
还有一种无法称量的重量——
我猜想，正是这一部分
曾参与过我们充满争议的事业。
也不妨说，它就像一块兽骨适应着
语言深处的幽暗。据说，它被锻造出来
是因为有人想维护诗的特殊的荣誉。
诗是舞蹈，大致可分为两种——
生命的舞蹈和身体的舞蹈。
至于前提，似乎是，假如不戴上镣铐，
诗就无法和周围的东西区分开。
诗，也就无法自我神话。

我倒是不讨厌诗是一种舞蹈，
但我不会接受要跳好这样的舞蹈，
我们必须得戴上镣铐。
我想我理解存在着更复杂的原因
我们不得不锻造出这镣铐。
但是，制作它，并不一定要戴上它。
假如我有这样的镣铐，我会在我的房间里
给它找一个合适的位置：
我或许会把它放到柜子顶端，
当我跳舞，它就在一旁静静地观摩着。

2004 年 4 月

秘密角色协会

我的宝石就是我的呼吸。
一开始，它只是代替我呼吸，
但最终事情发生了变化。
如此，我的呼吸快得像
从井里射出的光。

我做深呼吸时，我的宝石会微微颤动，
就像一座袖珍磨坊。
虽然小巧，但工作起来却很野。
假如放任它，它磨出的面粉
会是一只山雀。

我差不多已能看见这只鸟——
它有一个暗红的尖嘴，

像磨损过度的橡皮。

它的无辜如同一个装满了东西的小袋子，

在晨风中飒飒弄响。

2004 年 12 月

东西协会

那东西一定是在我们出生前
就来到这世上的。它一定还会活得
比我们更长久。
它是用来开阔眼界的。

它一定曾让没见过它的人
感到不舒服。他们不知如何才能找到它，
他们也不相信
你会在他们之前找到它。

那折磨人的东西在蟋蟀看来
就如同百合丛中的一缕闪电。
但是，蟋蟀的眼光可信吗?
你想知道蚯蚓是如何描绘它的吗?

那东西不仅仅是折磨人，
它拥有原型的外貌，又很像

用来垂钓的诱饵。那意思好像是说
每个人都曾被他以为不过是诱饵的东西冒犯过。

非要我转述的话，
那东西一定和诗有很深的渊源。
它可被切成很多薄片，其中有一片暗示
我们不便清楚地解释什么是诗。

2004 年 11 月

梦游协会

一片荒地的尽头，
小河浅浅地躺在黑暗中，
它的波浪从未像现在这么又黑又薄，
浓黑的巧克力奶也不会
比这些波浪更柔滑。

它的四肢展开，
听任几条小鲢鱼从上面
拔出长长的钉子。
每颗钉子都能讲出一个故事，
每颗钉子后面都有一阵急促的呼吸。

这些带有锈迹的钉子
令我们的无辜一钱不值。
它们还构成了我们在夜晚检查
门窗是否关紧的理由。
它们填满了我用来装河蟹的罐子。

浅浅地躺在黑暗中，
小河比它在阳光下的样子更美丽。
它身上的反光像刚刷过的漆一样真实。
我信任这样的黑暗中的美丽，
就像我信任我的孤独。

一只白鹭白得就像正在上夜班的小护士，
一开始，我以为它只是静静地站在河边，
等待着最佳捕食时机。
再一看，它不同于和我在别的地方见过的白鹭，
它准确地站在它的生命中。

2004年8月

最佳托词协会

每个人都能在一片涟漪里
发现他或她的镜子——
有的，已经被照过不止一次，
有的，还没有被用过。

甚至，野猪也能在平静的倒影里
认出它自己。但是，和我们不同，
野猪不会用镜子来感叹
它的处境。

而一旦我们离开水岸，
类似的镜子就变得很难辨认。
落叶在风中起舞，但很少会有人
把树当成一面镜子。

一棵柏树其实是相当不错的镜子——
它挺拔，苍翠，甚至能反映出

我们还来不及认可的本性。
而用以探测自我时，竹子也蛮好使。

一株橡树保持着沉默，
不肯透露究竟是何人
在我们之前刚刚使用它。
它矗立在那里，像一座蓬松的瞭望塔。

像大多数人一样，你不会知道
他们在茶馆里议论说
你是一块花岗岩。没错。这坚硬的石头
也许就是你的镜子。

我不知道该如何对付

一个正用碧蓝的天空照自己的人。

所以，我必须写出这首诗。

而你将判断，诗是否还可以作为一面镜子。

2004 年 12 月

可遇不可求协会

那美妙的日子如今只是
一个小小的鞋盒——
我害怕打开它。
一条将它系紧的粉红塑料绳
五百年前就已开始褪色。
我特别害怕一只耗子
在我之前弄开它。
我的害怕无人理解，
因为它很难被写进诗中。
我害怕毕加索告诉爱因斯坦说
他也有这样一个鞋盒。
我害怕我的纯洁
就像我害怕我的黑暗。
我害怕一个小小的鞋盒里
就有这样的黑暗。
我害怕知道在我之前
还从没有人探索过纯洁的黑暗。

但是挺奇怪，很多时候，

我并不怕我所害怕的。

就像一个怀里抱着三只胖猫的男人，

我注视着无味的宇宙——

还好，它仍然是生活的一部分。

2004 年 2 月

蝴蝶迷协会

请等一下，我有话要对蝴蝶说。
其他的时间里，我也许更偏爱羚羊、
金钱豹、海獭和大白鲨，
但从未产生过对它们说话的愿望。
对我们的许多秘密而言，
蝴蝶也许不是理想的听众。
这些小家伙只顾跳
它们的生命之舞。
它们太灵敏，太单薄，
像用绸缎做的钥匙，
而我们用肉眼又看不见
那些紧闭在空中的门。
不过，我不担心这些顽皮的小家伙
是否已学会了倾听，就像
我丝毫也不忧虑我要说的话
是否会随一阵清风散去。
我也不担心美丽的蝴蝶

能否听懂我特意为它们准备的语言。

我这样端正态度——

一首写到蝴蝶的诗不在乎

蝴蝶是否会加入到它的读者中来。

2004 年 9 月

怀旧协会

我曾有过一个木雕的兔子，
它喜欢和我的足球一起待在床底下——
那里，除了灰尘对黑暗的布道，
再就是不便在这里形容的静寂。
我听不懂它们之间的谈话，
那种默默无语不简单。
我那时固执地以为，
诗，至少应该是有东西能让人听得见。
在木雕兔子之前，我还有过
一个绒布做的兔子，它安静得
如同一只趴在窗台上的猫。
它摸上去软得像一堆台词。
它没有心，但它有耐心，
它的耐心绝对比得上
一个正准备参加思想史考试的女孩。
它没有思想，但也许
这一切只是针对常识而言。

它是玩具，信物，着了魔的小摆设，

偶尔，也矛盾于小人物的伟大的见证——

它既可用于吐露感情的秘密，

也可用于发泄。它不怕砸。

2004 年 11 月

卷 三

驯犬师协会

狗很专业，它刚刚嗅完了
传送带上的所有箱包。
但是，兴奋还没有完全消退，
它的身体轻轻地颤动
如同入海口处的橙色浮标。

狗胜任它的工作。
它赞同我们用游戏来解释
它投入到其中的热情。
它的好奇心比我们知道的
所有动物的都要完美。

它用鼻子轻轻顶触可疑物，
样子就如同一个麻醉师
正准备从女会计的腋下拔出针管。
而一旦它使用它的爪子，
我们便知道我们的责任开始了。

兴奋于聪明的，似乎只有狗。
自始至终，它的警觉
如同放在枕下的一把匕首。
它假装不知道我们是如何判断
它对我们的依赖的。

演出结束时，那些箱包被逐个堆上
小货车，像送给孩子们的礼物一样安全。
那些印章似乎从未盖下，
我尤其理解为什么它们只是它身上的
一些特殊的气味。

2004 年 11 月

迷途学协会

一块石头压在泉眼上——
石头巨大，青黑，棱脊锋利，
而泉眼细小，缓慢，像一个信使在寻找
刚刚脱下的裤子上的漏洞。
迷途，他说，那其实是最完美的细节。

在没有看到这块石头之前
我误解过许多自然的流露。
我有过太多严谨的骄傲，而它们中的每一种
都不适合用来克服，或忏悔——
正是这种状况让我转向

诗和迷途的关系。诗，意味着
我们每个人都想在生前获得死后的纯洁。
看看这石头吧。它的迷人之处
爬满了青苔。它已经浮出诗的水面。
它有五种冰冷的表情，每一种都很彻底。

在受到脉脉的影响之前，
我以为我的反应从未出过差错。
我从随身的背囊里摸出小针线包，
递给那信使，他正用手指捏着已找到的漏洞。
而他将要缝补的其实是一个隐喻。

他还有很长的路要走，
这首诗也一样。有趣的是，
这首诗也有不少漏洞。
假如撕扯它，它就会出一种声音，
就好像一块防雨布正被几条狗撕咬着。

2004 年 10 月

拯救方言协会

来自风景的暗示，你认出
并接受它。但是，用什么去润色
才配得上记忆的发明呢？
一切都来得太突然——
但又不便议论得太多，太直露。

那是一些机敏的雨燕，
紫色的破折号，闪电学校中的
一群野孩子，天路上活泼异常的
尚未被你我雇佣过的小向导……
每出场一次，天空就会浮现一阵激动。

如何识别当然很重要，
但更重要的是用什么方式去接受。
必须承认，你还不太习惯
你是你唯一的对象。
你还没有抚摩过你自己身上的诗人。

雨下得很暴，很急，
但是，停得也快。
你还没有被完全淋湿。
你也从未涉足过这样的节奏——
下过雨的天空如同一张空白的旅行支票。

彩虹的签名由彤云来确认，
群山等候着一次神秘的兑现。
而有一种忠诚只凭斑斓来传递。
燕子的语言，多么鲜活——
你说，它是伴你成熟的方言。

2004 年 8 月

巫舞协会

夏天刚过，这个男人
便开始在一片木桩上跳来跳去——
样子就像一只转了几道手
刚被走私到此地的袋鼠。
来有踪，去留影，全套动作
都很即兴。但是，每一跳
也都没出大的意外。
他要是跳梅花桩，
我倒是可以从旁指点一二。
可好几次路过，没有人知道
他跳的究竟是什么桩。
或者，他跳的原本就不是什么桩。
幸好，那些木桩不是历史，
政治，母语，小说——
它们太不起眼，太普通，
没有资格替代任何事物。
幸好，这个男人的身份暧昧，

面目模糊，并且敌视交流。
他的孤独也不是我们在看表演时
已接触到的那一种。
他跳得很投入，
上身裸露，汗流如溪。
他从不分神是否有围观者
在四周议论他的举止。

而我必须承认，我的心头
曾掠过一丝担忧：当那些木桩
缓缓地楔向大地的时候，
它们是否已被错会成诗歌的根须。

2004年9月

觉悟协会

蓝天如大湖高出
路边的白杨一万米——
我不在乎他们是否会认同
这样的感觉。放眼望去，
红柳停泊在沙漠的边缘。
房子像用泥土雕成的，
停泊在小小的阴影里。
连绵的雪山停泊在巍峨的光芒中。
乌鸫的黢黑停泊在
生命的迹象的确有点神秘。
冰冷的河像用过的粗麻线，
停泊在裸露的石头上。
一群羊啃着盐碱地，它们的剪影
停泊在这首诗的深处。
不左不右，或前或后，
我发现，这里，还有许多事物
竟然只适于用“停泊”来描绘

它们的状况。而有的时候，
谁在停泊？停泊在哪里？
又很难分辨。比如，
一只蚂蚁是如何收拾好
它身上的小黑浆，停泊在
这个复杂的世界上的？
说白云在停泊，意思是
我们都包括在悠悠中。
说芦苇在停泊，意思是
意义不仅只在诗中是意象的百叶窗。
说一个人在停泊，意思是
你的身体虽重得像沉下去的锚，
你的心却活跃如旗语。

2004 年 8 月

第二故乡协会

道旁，寂静的屋子
像一排白杨树后挖坑挖出来的土——
堆得高点的，窗户比帽子有礼貌。
一只狗的吠叫引来了
七种现实感。

几个我，像是突然学会了
在树枝上保持平衡，
安静地吃着橙黄的果子。
阴影突出了倾听。
蝴蝶的乐谱摊开在宽大的蚕叶上。

你被安排在远方，
看不到这一幕。
老练的天真让你赢得又失去
真正的礼物。但很可能，
悲哀只是一出心灵的喜剧。

和我们不太一样，异乡的阴影
终会检验出你有没有品味。
在本该感到陌生的地方
我却感觉不到任何一点生疏。
这是我的秘密。你的呢?

或者对于你：没有秘密，只有境界。
感谢沙子在这里造就了
辽阔的陌生。沙子也能授粉——
意思是你即便从未骑过马，
也可以走近一匹骆驼。

2004 年 8 月

纪念马骅协会

巨大的冰川给生活降温——
对此，你有敏锐的预感
正如你能飞快地阅读云的目录。
你的秘密不属于任何人，
只是偶尔可作为分享之物。

你的小学抚摸着高原。
颠簸中，你的身影像雾中的翅膀。
如此，对于普遍人生，
路是路的例外。而你遭遇的孤独
只可以群星为索引。

用风格来沉溺人的一半
但却不做过多的说明——
你的诗意一向不信人言可畏。
诗的骄傲必须充分暴露——
七次不行，那就再来四次。

活跃于气氛远不如
活出某种气氛。你死于
表面上我们不会得到
另外的启发，另外的结局。
你微妙于我们仍然拥有活的隐喻。

我所知道的美丽的事物
为数不算少，却没有一样能留住你。
我们所熟悉的表面现象
也无法解释你。也许只有奔腾的大江
才有资格做你的棺柩。

2004 年 7 月

红雪协会

来自人群的常识
不能阻止我看见这些红雪——
它们安静地趴在春天的岩石上，
像一大块刚剥下的熊皮。
它们完美的友谊全然由冰冷构成。

吸收着夕光，这些红雪
帮助你习惯这样的安排——
每一个角落都会有幸福存在。
说点认真的，在这骄傲的红雪面前，
你和我有什么区别？

或者，说点严肃的——
这些红雪的边缘，一些木篱微微倾斜，
像女地质学家脱下的靴子。
一个走失多年的动物朋友
似乎就出没在附近。

这些光屁股的红雪
看上去如同一个海湾在一座湖中
找到了完美的睡眠。
它们也不亚于我读过的
伟大的小说中的一次清晰的叙述。

在别处，这些红雪也许会令人吃惊，
但在这里，它们显得很平常。
这里，生命突然变成了一个对象——
我走向我的生命。而一只驼鹿像是受了惊，
它奔向它的生命，溅起阵阵雪雾。

2004 年 3 月

编织协会

我注视着满月下的篮子——
它破旧，暗淡，甚至有点不真实，
却漫溢着令人吃惊的自尊。
很多时候，场景就是这么简单。

它被丢弃在沼泽的边缘。
它不领悟什么，也不阻止
我通过它领悟我想领悟的东西。
一只狐狸笨拙地占据了它。

很显然，它是用芦苇编成的。
几缕柳条穿插其间，只能算是
帮点小忙。在我出现之前，
还应该有块花布盖在它的头上。

它是我走出岩洞后
注意到的第一个伟大的静物。

它像是在帮助我的眼睛
逐渐适应这个世界。它的作用很难形容。

它是我的先知：卑微，不呼吸，
也不弄出错误的声音。
我被催眠了吗？我正梦见自己
被织进了一匹抖动的绸缎。

站在这边的仍旧是我，站在那边的
仍然是陌生而又熟悉的世界，
但是，有一阵子，这篮子取代了世界——
就像一步棋，它刚巧下到我的眼前。

2004 年 4 月

垂钓协会

闪光的湖面招呼着紫燕的影子。
几排波浪自荐清澈，
探讨着种种非历史的情形。
而你和我，都不太熟悉这样的责任。

波浪下，每条鱼都像下沉的小口袋。
它们的鳞片装饰着
我们猜过的一条谜语。
它们的鳍，弄坏了藏在心底的誓言。

事先无征兆，几乎所有的人
都被他们自己选择的生活误解过——
误解平凡是你和邻居之间的事情，
而误解奇异，是你和你自己之间的事情。

有一秒钟，此岸就是彼岸。
绿树亮出一沓剪纸，刺探我的心

是否大得像一张桌子。桌上，已燃尽的红蜡
如同一块野猫刚刚舔过的饼干。

假如现实太安静了，
就会有这样的亭子出现在湖的中心。
它如同一座纪念碑，
在我们的梦中间区分出风景和风暴。

一首诗理解这样的分辨意味着什么，
就好像它知道我们有时是一个人。
而在天上，白云一直在运送蓝色的墙，
不在乎我们会得出怎样的结论。

2003 年 6 月

秘密继承人协会

把你带到桥下，你就是一阵阵波浪，
向东南蜿蜒祖国。把你带到柳树下，
你就是一只草耙，刚从麦田里跳舞回来。
把你带到山脚下，你就是一台摄影机，
从天真中提取一片自然，令我们的瞬间
锋利于我们的永恒。把你塞到花盆下，
你就是一把钥匙，隐身人会在半夜来摸索你，
把你揣进裤兜。把你丢在床底下，
你就是一把下岗的小铁铲，
闷闷不乐于人生少挖了好几下。
把你放到枕头下，你就是一封信，致牛头，
致白马非马，致水蜜桃，致紫烟，
致水月，致新西游记，致如花似玉，
致苍天在上，致游戏的人……

2003 年 9 月

走马灯协会

被臭嘴吐出，被蜜唇说出，被巧舌弹出……
但是，一个词的命运还不足以安置
它的暧昧和明亮。它不信任
眼见为实。它不方便于
我们已习惯向陌生人说借光。
它陈列在那里，使“生活中的生活”
成为一个安静的通道。
在它的左边，是一个陶罐，
出土自西汉；在它的右边，
是一个青铜香炉，制作年份
尚存争议。如此，它就像
一个小小的环节，服务于
记忆与人生之间的天井。
这消息就像节目单一样可靠——

你是你的走马灯，尤其是在白天，
倘若你不信，我可以立刻
把它提起来，放到你的眼前。

2003 年 2 月

铁鞋协会

与我们的际遇不同，
这些灰尘似乎从未被误解过：
薄薄的，随便叹口气
就能将它们从眼前打发走。
而有一些，还真挺厚，像人皮
沿着满城风雨打补丁。
确乎如此，我从未想过这些灰尘
可能会像测绘仪上的刻度那样
向生活显示我们的痕迹。
确乎如此，每个角落都意味着
一阵莫名的纠缠：难解得如同我们曾相信
用奇遇就可以抵押美妙。
确乎如此，现在，就有这样一个角落
离你最近：一捆信躺在盒子里，
落在外面的灰像一面旗帜——
假如你确认那是一只鞋盒，

我也能确定以下事实：

在已逝的日子里，这捆信

如同一只赤脚，替我们幽暗在

几乎不可想象的行走中。

2003 年 9 月

原型艺术协会

四条野狗跑下堤岸，把爪子
搭在青石护栏上，对着湖水吼叫——
这链条乱颤着，嚣响着，
向你我介绍喜剧已经兜了
多大的圈子。每到一处，
风俗偏心自然。青蛙在浮萍上
展示友好的弹跳功夫，
想不受启发，还真挺难。
譬如，天敌常常就是美味。
教训不深，说明人生
还有许多帷幕没有落下。
或者说，不会轻易落下。
该你出场时，大鸭子带上小鸭子，
一路踩着杨柳的倒影，
熟悉环境和领地究竟有何差别。
我猜想，你关心的也是环境，
并不怎么在意领地意识。

六月的窗帘任荷花掀起，
一群燕子自母语的深处折回——
它们很准时，至少，这一回是如此。
它们如同装了引擎的紫罗兰。
而芦苇的小妹妹在废弃的渡口处
留下一只鸟笼，里面没有鸟，
只有一个小葫芦。真好玩，
再深奥的谜语也迷不倒你。
这一幕，需要解释的东西
比需要平衡的东西还要少：
而这，几乎算得上是一种幸福。

2003 年 6 月

顶峰协会

请当心，在这里，诗很薄，
薄得就像雪线上的空气。
锋利而纯净，很难再找到别的铺垫
像雪线上的空气这般尽义务。

好戏。好就好在对有些人来说
雪线是腰带，而对我来说，
雪线是条围巾。我还记得你留在
雪线上的第一只脚印。你是只已成年的雪豹。

现在，我用呼吸看见我们。
我们确实很薄，薄得就如同
我是你插在顶峰上的旗帜。每阵风吹来，
都能将我们彻底地代谢一次。

2003 年 9 月

秘密遗嘱协会

试想有一种生活
由一百块巨大的石头组成。
每块石头上都刻着
不同的动物。几头羚羊
来到小溪边饮水。它们的身体
被简化成几道粗犷的线条。
试想这些线条曾和我们的原始记忆
赌过输赢，而你不知道赌注
是礼物，还是戒律。你就像我认识的
一个用笛子爱上摄影的马术教练。
你的草原一望无际，像星空
在夏天的日记里。
一群斑马奔跑着，就好像
在它们的身后是未署名的变形记。
很可能，这些石头也曾如此疯狂地奔跑过。
很可能，你错过了一生中
只有一次的美妙的征服。但是，

由于这首诗是我写的，所以，
你还会有一次机会。当这些石头
被彩虹催眠，犀牛会带着它的幼崽
来和你打招呼，就好像它们是
新迁来的邻居。它们的家当很简单，
它们的家谱如同光的雕塑
可以被免费租借，甚至被挪用到厨房里：
那儿，我的每样手艺都很过硬。

2003 年 8 月

昆虫教育协会

黄昏时，我在邻居的狗身上
捉到一只瓢虫。它的体形弱小，
以至于我把它夹到手指上
移近狗的鼻孔时，狗几乎没做出
什么像样的反应。邻居的狗像是从它身上
嗅不到什么气息。要么就是，
狗对它不感兴趣。狗不知道
它还有一个绰号叫花大姐。它身披
一件石榴红外套，上面附着
比针眼还要小的斑点，分布很讲究——
这些斑点也许是可爱的，比如，
对那些声言自己可以从一滴水中
获知宇宙秘密的人来说。
至于我，见到昆虫就想淘气的家伙，

我的工作，似乎是尝试着
从这些小黑点的诡异布局中发现
一套不为人知的棋谱。

2003 年 8 月

即兴表演协会

你知道，世界有时候不过是
一只橘子。你正拿着它，
而它不会拒绝你：它就像
你小时候使劲拍过的一只皮球。

你把它抛起来，就像在尝试
一种手的感觉。在半空中，
有几个瞬间，它几乎是活的：
它活像一只浅棕色的田鼠。

稳稳地接住它吧，即便你从不知道
什么叫绣球！即使它无法告诉你
世界怎么会变成这样！你手上的功夫
不会流失，它将传递到这首诗中。

你不必担心这一切只是错觉。
当你适当地捏紧一只橘子，
一个完整的世界就会从它的裂缝里
流出新鲜的汁液。

2003 年 10月

遁世者协会

当我们被含混地称为遁世者，
生和死的界限已被雨的骨头
移动了几个世纪。通向山外的羊肠小道
将记忆浸泡在泥泞中。
更可怕的，纯洁的心只愿意记录
蝴蝶的方言。一个完整的世界
如何对我们发誓：它不是一个梦？
或者，它不过是一个梦。
是的，很多东西都逃不过棋子的眼睛——
而那些眼睛也许只是木头做的，
或用花岗岩磨成的。我是我的棋子——
假如这样说，确实能带给你安慰。
我们的选择，原本像着了色的线
要去缝合衣服上的裂口，却总是
不讨聪明人的喜欢。蠢货们
也爱跟着瞎起哄。他们永远也学不会
原谅自己无法理解的事情。

不可原谅地，像有人送来礼物
而我们却只猜对了一半：怡人的风景
如同巨大的网捕捉我们的深呼吸。
但是，作为一种交流，忠实于风景，
并不如最初设想的那样容易解释。
那么，谁的骄傲已刻不容缓？
谁的魔法？正用山上的小湖储存着，明澈着——
就好像每个已故的超验主义者都像半个我，
把镜子当书签，夹在日记本里，直到
奔跑的狼群再次将一个完整的世界
撼动在它们溅起的粉尘中。眨眼间，
野兽的嚎叫已撕裂了分水岭上的黄昏。

2003 年 4 月

系铃人协会

我收集蓝色草叶，然后将它们
插在时间的茎秆上。当然，我知道
假如我说我收集的是绿叶子，
我的工作或许会招致更广泛的判断。
你也会有更充裕的时间
把精力集中在测量时间的茎秆上。
一旦深入，这样的测量工作
就会提醒你：人生距离诗
到底有多远。如此，我坚持认为
关键不在于被收集的叶子
是蓝的，还是绿的？其实，紫叶子
也很多。而我偏爱蓝叶子，
似乎是因你说过你这辈子
最想看到的花是一只冰蓝色的球。
我用照相机让那些蓝叶子
保持鲜嫩。我对时间的感情确实很复杂
就好像曾有一面镜子让我误以为

我是一头棕熊。我抓拍技术相当不错，
很受甲虫和蝶蛹们的欢迎。
我把我的日记写在底片上。
我从未担心过有一天
我的感情会板结成一块像是
从快要熄灭的炉膛里掏出的蜂窝煤。

2003 年 1 月

防止心智堕落协会

鸽群栖落在岩石上，
一共有十一只。另有三只旁落在
附近尚未抽芽的槐树上。

十一只鸽子给岩石涂上了
可爱的斑点。而那岩石凸露着，
像大地的一个喉结。

谱过曲的人一看就知道
无论我们如何扯开嗓子，我们的高歌
也不需要如此粗大的喉结。

他承认他自己已有很长时间
没有听到过那样的歌声了。
他亲近一只鸽子，如同是在揉搓一把音符。

这样的岩石也会伫立在你的前方——
也许还会有更多的鸽子停歇在它的肩头，
但这并不意味着你要走向一块石碑。

2003 年 3 月

保护湿地协会

一波又一波，绿浪推敲着
我们的合同，就好像它面临着
再一次被续签。“还有什么任务
要交给诗去完成吗？”当你这样问，
你莽撞得就像附近一只被圈养的火鸡
分不清现实和梦境。你真的好意思
觉得自己被生活背叛过吗?
所以说，环境是一只环，要么学会
把它戴到手指上，要么仿效狮子
用力一跃，钻过它的空心。
说实话，你来到这片湿地的时间
已有点晚，但也还赶得上捕捉一些背影——
一只白鹭正走向它放在芦苇边上的
专用信箱，它的身影轻捷，朦胧，
像一个刚答应了求婚请求的年轻女人。

2003 年 8 月

积极审美协会

这小小的蜂巢一定还很年轻，
它就像风干的葫芦，悬挂在
因雷击而枯死的柿子树上。

每一阵风都会使它轻轻翕动，
或是，让我误以为它是快要成熟的果实，
以至于我怀疑它好像知道

这是我们必经之路。
它是块相当不错的路标，它的舌头很醒目，
它让真理摸索起来像埋在地下的梯子。

当然，现在看起来，那样的挖掘
已经没有必要进行了。
因为它提醒我，天空已被挖过。

它发出的即兴邀请几乎无人能拒绝——
它在我们的耳朵上抹了蜜，
将我们的自助游拖入一阵自制的轰鸣。

2003 年 6 月

人间烟火协会

一阵紫色的风吹开了自我，
借自豌豆，厚薄很合适，
那荚壳像着上了霜毛，兀自剥落——
尽管微弱，但它的回音还是溅起了
足够多的尘世的气息。
我们的旅行名为“信不信由你”
还真管用，它帮我们接触到
一些相当有趣的动植物——
它们当中没有谁听说过
“现实绝对是第三者”。
不必做更多的解释时，我呼吸气息，
其次才是空气。我的肺
就像一个慢慢下放到井底的小木桶。
假如是小铁桶，那感觉
肯定会差不少。因为一旦被钉进了钉子，
小木桶也就学会了选择美德。
换句话说，小木桶周围的空气中，

颗粒物已严重超标，而待在小木桶内的，
则全是气息。类似的区分
就是我保持清醒的秘方。
不过，对诗而言，神秘的友谊
才是最根本的。而你，
一个足以让语言产生美丽的矛盾的人，
是这友谊的一部分。
我像信任一束紫罗兰那样信任你——
信任你身上的篮子，信任
你头发里的跑道，信任你
舌尖上飘忽的焰火：那些光亮
恰好可用来为我们的旅行
布置一个绚烂的纪念日。

2003 年 9 月

个人风格协会

你用指头敲打着栏杆，
它们很结实，它们发出的回声
像小夜曲客串梆子戏。
它们上面的无数爪痕表明
至少有相当一部分生活是铁制的，
过去是，现在仍然是。
它们很干脆，它们的音质
就像是从你的遗嘱中
提炼出来的。蓝图换地图，
你可以从这样的间隔中递出
很多东西，甚至是整座动物园。
你好像是敲到了这些栏杆内部的喘息。
它们的骄傲像拨火棍，

它们的提货单几乎从不参与围困肉体。

它们的纯洁无需进一步的暗示。

它们保持着这一可贵的记录。

2003 年 9 月

知情者协会

不知何时，我的金丝雀
已被偷换成彩蛋。仿佛出于我尚未意识到
一种仁慈，它仍被放在笼子里。
外表被涂抹得那么难看，
它多半是死的。即使是活的，
也没有任何一种温暖，能从它的内部
再孵化出会扑动的东西。
说它是蛋，是因为换一个角度看，
它更像一只曾挂在菜棚里的
已烧坏了的灯泡。而我的损失
则像一出没有观众的独角戏。
我就是那个把订婚戒指
放在鸟巢里的人。我的另一个绰号是
笼子的哲学家。肉体是笼子——
这现象是否普遍并不重要，
重要的是，我的肉体确实是

我的笼子，而我不讨厌这一点。
我养金丝雀，不过想是在适当的时候
告诉诗，你究竟是谁。

2003 年 7 月

自我克制协会

急促的铃声提醒你察看
半小时里，人生已被拨打了几次？
每份工作都像蚂蚁，但又
不像蚂蚁的世界那样透明。
一天下来，线索断断续续，
像被涂上黑釉，闪着可疑的光。
几只鸽子便能带来真相，
就像毕加索在一幅素描上勾勒的。
云的精彩演说使你盼望
一个小时之后就会下场大雨。
此刻，燕子的独身主义像一列轻轨
驶过已被围墙圈起来的耕地——
里面的面积还真挺大，要草有草，
要树有树，要池塘，虽然水很浅，
但也点缀有好几处。这样的地貌——
每进一站，都能看到，每出一站，
也不会很快消失。消失的

似乎是一座感情的岛屿。
不过，像这样的岛屿不可能
标列在地图上。热线倒是不难打，
只是主持人请病假去了花鸟市场，
一个新手上来就掀底牌：幸福的生活
就是每个要点都要尖叫那么几下。
当你暗示我们四周的水，
无形并且浑浊，渗透了一切，
诗，就是大海上的一次急转弯。

2003 年 3 月

望风协会

每年秋天，雁群都会飞过我的头顶。
常常是十一月上旬，但有时
也会提前到十月的最后一个星期。
自北边来，它们飞向南方。

每只大雁都随身带着把大剪刀。
它们的 V 形阵容，像一道拉链
将我们看不见的一块季节的幕布缓缓拉上。
这工作就像诗，看起来简单，但很了不起。

2003 年 11 月

纪念艾贡·席勒协会

还算幸运，世界上
仍存在着完美的工作：
一些由花的种子来完成。
通常的情形是，白皙的小梯子
将一把伞递给漂亮朋友。
而蝴蝶几乎布置了
所有类似的现场。

另一些，造成了令你难忘的
优美的性情。窍门是
不必太讲究姿势。
令自我愉悦，噢，一开始
你就喜欢这样的石头。
因为它不急着解决人的问题，
不随便呼吁“人啊，人”。

十里清秀，荷花的通栏标题

由燕子来润色。甚至
在战时的维也纳也是如此。
另有一份工作更有趣：
完美的男人是
一颗睡着了的牙，
正如你在博物馆里刚刚看到的。

2002 年 9 月

种犬交流协会

这条狗趴在车轮旁边，
好像一团火球被看不见的冰层冻住了——
而融化的过程其实早已开始，只是
距离此地尚有一千公里。

它的目光像是从灌木丛中
弹射出的一个洞口，
足以刷新忠诚这个词的所有含义。
抚摩它时，我有一颗巨大的心。

有一些姿势，它只留给它的主人，
作为它对这个世界的一种固执的理解。
其他的，也许只能算造型。
它嗅过很多东西，精通爱的奉献。

它真的叫这个名字吗？

当我告诉那些也喜爱它的女人
它的名字叫杜鹃时，差不多每一次，
她们都会发出这样的惊异。

2002 年 4 月

生命之舞协会

我租用一个山谷来播放
各种心声。疾风不疾，劲草吐香，
石头的影子像巨大的钟
在酣睡。警钟荟萃闹钟，
敲关键，敲到了变形记的
订货单上。花蕾的小旅馆
三天前已不对外开放。
听啄木鸟报幕，果然很有意思，
即使离点谱，风景
也不会错位成场景。
青蛙的花腔如同插曲
过滤着绵绵细雨。麻雀没谱，
但方寸还是有的。我非我
确乎深邃于机遇和美妙——
该留余地的，留余地
不亚于天地；该留缝隙的，
留下足够的空间。我非我

好比花非花向宪法开放——
请不要拥挤，每个人
都会有一个小时的时间。

2002 年 6 月

万绪协会

从满是碎镜片的地上，
我捡起你的头发。
我想象我是一个拾穗者——
弯腰时，像一匹在河边饮水的牦牛，
直起身子时，像爬上沙垅
放哨的旱獭。尽责如积极于沉默，
尽力如同神秘于感恩：
每一阵汗，都会从我身上挤出
一些已经生锈的小螺丝。
而轻抚着搜集来的
你用过的绳子时，我不否认
我曾用麦穗给黄昏编辫子。
我从不缺少胜过影子的同伴。
一群候鸟之后，是一只喜鹊，

我注意到它飞走时，

嘴上叼着的枯枝像

脆弱的记忆中的一小截脆骨。

2001 年 7 月

新生协会

一桩孤零零的小买卖
为我们的城市生活添置了
这两只长尾鹦鹉，亦雌亦雄——
喜欢待在吊竿左边的这个
比右边的那个看上去更熟悉达尔文。
要想摸清它们的习性，还真不那么简单，
我们还需要付出另一份爱。

想想看，在我付款之前，
它们彼此还是陌生的。转眼之间，
它们就开始用那带着小弯钩的嘴
互相问候对方的身体。
做这件事情时，它们一个比一个嘴硬，
一次比一次自然，完全不考虑
我是否仍在现场。

它们分别是我的朋友和教训。

假如我偏爱其中的一只，另一只
马上会把目光投向悬空挂着的笼子，
就好像它知道，那笼子是生日那天
我收到的一个意味深长的礼物。
也许，有一天，我会学会习惯
在它们眼中我也是一只鹦鹉。

2001 年 5 月

隐形人协会

你就像我，从侧面看，是木制的，
做工细腻，波形的纹理像是被砂纸打磨过，
仍在缓缓扩散，将隐藏在原木中的
一个小山神的睡眠继续向前推进。
每一步都很艰难，但又清晰得可爱。
我从未见过如此有趣的睡眠——
他就像一个固执的求婚者，
钻进树洞中，温习爱的誓言。
或者，他的确曾如此。
在他僵硬的姿态里
仍有许多隐情等待着了结。
我这样说，是因为他的身体
看上去就如同一根被折断的箭。
而同样的惯性，用连绵的峰岭做琴键，
促成了生命和幻觉相互定义——
人生如梦，有什么不妥？
或者，你以为，我们真的配做

这样的梦吗？当我把你装入背包，
我才了解到我们曾误解过
多少人生如戏。既然这片树林大到
连初次来旅游的人也管它叫海，
它就该有自己的海岸线。
继续睡吧！到家时，我会叫醒你的。

2000 年 11 月

新山水诗协会

几只云雀飞去又飞来，
婉约几条好消息。
有三秒钟，一片翠竹窸窣作响
将你悄悄转世。向前，转五百年，
一只熊揪住你的前身，
一股蛮力始终不认同
你要挣脱的东西——
也难怪，他们给它起的名字
几乎都不怎么合适。
向后，转八千年，你的来世
如同停车场上的一群野雁。
你对它们保证说你手里拿的
只是一根撑船用的竹竿。
向前半里地，则是另一番情景——
那里，清冽的菊香
正复印着你的机遇。
小溪的音箱寄存在峭壁上，

而瀑布淋漓着，纠正你的发音，
因为你不论说什么，你说的
都不可能是本地话。

2000 年 10 月

捉刀人协会

收到来信，我才知道
我还有过这样一副面貌——
它滞留在蛇的肚子里已有多年。

你仍很热情，但已爱上了巧妙地抱怨：
“现在，又有一只野兔挤进来，
压着我做梦的头颅”。

你不是野兔，不是蜥蜴，
不是被吞下去会立刻消失的
我们所熟知的那些小动物。

其实用沙子就能清理出你的面目。
关于我目前的状况，你问得很客气，
就好像山坡上有一个洞挖通了我们之间的小逻辑。

你试探我，如同一只盘旋的鹰
误解了你的饥饿，你最想知道的是——
梦如果从肚子里流出来，世界会不会原谅我。

1997月10月　1999月8月